KB123801

로크미디어가
유혹하는
재미있는 세상

이것이 바이다

이것이 법이다 146

2022년 10월 6일 초판 1쇄 인쇄
2022년 10월 12일 초판 1쇄 발행

지은이 자카예프
발행인 김정수 강준규

기획 이기헌 왕소현 박경무 강민구 조익현
책임편집 최전경
마케팅지원 이원선

발행처 (주)로크미디어
출판등록 2003년 3월 24일
주소 서울시 마포구 성암로 330 DMC첨단산업센터 318호
Tel (02)3273-5135 **편집** 070-7863-8592 Fax (02)3273-5134
홈페이지 rokmedia.com **E-mail** rokmedia@empas.com

ⓒ 자카예프, 2015

값 8,000원

ISBN 979-11-354-7360-9 (146권)
ISBN 979-11-255-9575-5 04810 (세트)

이것이 법이다

146

자카예프 장편소설

로크미디어

CONTENTS

지옥 강림

어떤 조직이 얼마나 부패했는지를 알려면 사건을 처리하는 방식을 보면 된다.

부패한 조직일수록 사건을 은폐해 없는 것으로 만들려고 한다.

그리고 중국은, 정확하게는 중국의 공산당은 자신들의 잘못을 절대 인정하지 못할 정도로 부패한 상황이었다.

"형주에서 폐렴이 돌고 있다고?"

"그렇습니다."

"그게 하루 이틀 문제인가?"

처음 보고받은 해당 지역의 서기장은 시큰둥하게 말했다.

중국에서 질병이 도는 건 하루 이틀 문제도 아니고, 중국은 생각보다 질병이나 여러 가지 이유로 사망자가 엄청나게 많다.

"폐렴 같은 건 흔해 빠진 질병이잖아?"

"그건 그렇습니다만."

"이참에 늙은 놈들이 많이 죽어 나가면 좋겠군."

잔인한 말이지만 노동력으로 쓸 수 없는 노인네들은 중국 당국에 있어서는 짐 덩이 그 이상도 그 이하도 아니었다.

게다가 그가 말한 늙은이는 과거 중국의 문화를 말살했던 홍위병 세대.

그 세대는 공부란 걸 해 본 적이 없다. 홍위병들의 첫 번째 척결 목표가 지식층, 즉 선생님이었기 때문이다.

무식하고 이기적이며 사상에 매달리지만 국가적으로 도움이 안 되는 홍위병 세대.

중국의 문화와 과학에 몰락을 가지고 온 세대.

그렇다 보니 중국 입장에서는 말을 안 할 뿐이지 가장 골치 아프고 귀찮은 세대라 할 수 있었다.

그렇기에 폐렴이 돌아서 죽는 노인들이 늘어나는 것은 중국 당국 입장에서는 상당한 수익이 된다.

매년 겨울에 그래 왔고, 그때마다 적지 않은 노인들이 죽었다.

"문제가 그렇게 간단하지 않습니다."

"대체 뭐 어떻다는 거야?"

"기존 치료제가 듣지 않습니다."

"뭐?"

그 말에 서기장은 자신이 잘못 들었다고 생각했다.

하지만 부하는 다시 한번 확실하게 이야기했다.

"기존의 치료제가 통하지 않습니다. 이대로는 다 죽습니다."

"기존 치료제가 안 통한다니?"

"폐렴이기는 한데, 일단 우리가 아는 폐렴은 아닙니다. 신종 전염병이라고 해야 할 것 같습니다."

"……."

그 말에 서기장은 왠지 오싹한 기분이 들었다.

"결정적으로 감염 속도가 어마어마합니다. 벌써 한 지역이 대부분 감염된 것으로 보입니다."

"보인다고?"

"그렇습니다. 지금 사망자의 숫자가 어마어마하게 늘어나고 있습니다."

"겨울에 폐렴이 돌아서 사망자가 늘어나는 거야 흔한 일 아닌가?"

"작년 겨울 기준으로 현재 사망자가 열 배입니다. 치사율이 대략 3% 이상으로 보입니다."

그 말에 서기장은 침을 꼴깍 삼켰다.

열 배의 사망자. 이건 진짜 생각 못 한 말이었다.

더군다나 치사율이 3% 이상이라니?

"아니, 그게 무슨 말도 안 되는 소리야? 그런 질병이 있다고? 그런 질병이 왜 지금까지 알려지지 않았다는 거야?"

"그래서 신종 질병이라고 판단하고 있는 겁니다. 어디서 시작되었는지는 알 수가 없지만……."

"의사들은 뭐 하는 거야? 어? 그런 사항이 있으면 바로 보고를 올려야 할 거 아냐!"

"그게, 현지 관리가 두려움에 보고를 누락하고 조사 중이던 의사를 처벌했다고 합니다."

"처벌?"

"그렇습니다."

한 지역의 방역을 담당해야 하는 입장에서 그걸 관리하지 못한다는 것은 사실상 커리어가 끝장나고 당에서도 축출된다는 의미다.

현지의 관리는 그걸 알고 있기에 자신의 커리어를 지키기 위해 어떻게 해서든 사건을 덮으려고 했다.

사실 겨울이 다가오는 상황에서 폐렴으로 인한 사망자가 늘어나는 건 당연한 일이니까.

하지만 그러한 선택은 결국 감염을 막을 수 있는 기회를 날려 버린 셈이었다.

"현지에 화장장이 자리가 없어서 난리입니다."

"이런……."

그 말에 지역 서기장은 침을 꿀꺽 삼켰다.

"형주에서 그런 일이 벌어졌단 말이야?"

형주는 중요한 지역이다.

중국이 세계의 공장이라면 형주는 중국의 공장이다. 그곳에서 그런 질병이 퍼지고 있다면 어떻게든 막아야 했다.

"당장 자료 정리해서 제출해. 내 바로 당에 연락해 볼 테니까."

그는 상황을 알고 바로 움직였다.

그는 당원임과 동시에 의학 쪽 경험이 있는 의사였다.

당연히 이러한 상황에서 섣불리 움직일 수 없다는 것 정도는 알고 있었다. 이 상황에서 가장 중요한 것은 다름 아닌 신속이라는 것도.

하지만 얼마 후 당에서 내려온 명령에 그는 정신이 아득해졌다.

"무슨 말씀이십니까?"

"해당 사실은 비밀로 부치고 비밀리에 방역하시오."

"아니, 그게 가능할 리가 없지 않습니까?"

방역이라는 게 뭔가?

방역이라는 건 단순히 소독약만 뿌리는 게 아니다.

감염원을 추적하고 격리하고 치료해야 한다.

심지어 이 질병은 치료제도 없다고 했다.

결국 오로지 추적과 격리를 해야 하는데, 그걸 비밀리에 하라니?

"당에서는 형주 지역의 경제가 멈추는 것을 그냥 두고 볼 수는 없소. 이번 방역은 비밀리에 진행하시오."

"그건 불가능합니다."

"가능하게 하시오. 이건 당의 명령이오."

당의 명령. 거부할 수 없는 강력한 말이었다.

거부? 거부했다가는 무슨 꼴을 당할지 어렵지 않게 예상할 수 있었다.

운이 좋아도 모든 권력을 잃어버리고 시골로 쫓겨나는 거고, 운이 없다면 소리 소문 없이 처형될 가능성이 크다.

'아니지. 책임을 묻는다면서 날 묶어 두고 고사포로 쏴 버릴지도 모르지.'

그렇다고 해서 명령대로 조용히 방역한다?

그건 실패할 수밖에 없다. 애초에 불가능한 일이니까.

결국 그는 어떤 선택을 하더라도 죽을 수밖에 없다는 걸 느끼고는 자신의 목을 문질렀다.

'가능하면 빨리…….'

그의 머릿속에 단 한 가지 생각만이 들어차기 시작했다.

자신이 받은 수많은 뇌물을 현금화해서 가능한 한 빨리 다른 나라로 가족과 함께 도망가야 한다.

중국은 그렇게 조금씩 전 세계를 지옥으로 밀어 넣기 시작했다.

그 시각, 노형진은 로버트에게 말해서 관련 자료들을 정리하고 형주에 공장이 있는 모든 기업들에 대한 주식을 정리하도록 시켰다.

"노 변호사님, 그런데 그 말이 사실입니까? 중국에서 역대급의 역병이 퍼지고 있다는 게?"

"사실입니다. 이미 형주 지역은 걷잡을 수 없는 수준일 겁니다."

"하지만 중국에 특이한 동향은 보이지 않습니다만."

"다른 곳도 아닌 중국입니다. 저와 함께 일하시면서 중국과 일본에 대해 많이 배우셨을 텐데요?"

"하긴, 중국과 일본은 이득이 되기만 한다면 어떤 거짓말도 하는 나라지요."

중국과 일본은 바로 옆에 있는 한국과 너무 많이 다르다.

한국은 이득이 있다고 해도 거짓말을 나쁜 행동으로 보고 치부로 취급하는 성향이 강한데, 일본은 '냄새가 나는 건 덮는다.'라는 속담이 있을 정도로 거짓말하는 걸 당연하게 생각하고, 중국 같은 경우는 아예 문화가 속은 놈이 병신이라고 대놓고 이야기할 정도다.

"하긴, 대표적인 예가 조선업이니까요."

가격 경쟁력을 내세워 중국은 실로 어마어마한 양의 선박

수주를 받았다. 그러나 배를 받아 보니 이건 도무지 운행할
수 있는 수준이 아니었다.

그걸 항의하자 중국 정부는 대충 쓰다가 새로 싸게 하나
만들라는 소리를 했다.

전 세계 사람들은 그 말에 기가 막혔다.

배가 만들어지면 못해도 20년은 써야 한다. 개보수만 잘해
도 30년은 쓸 수 있는 물건이 배다.

그런데 그런 배가 고작 3년도 안 되어서 멈췄는데 고쳐 줄
생각은커녕 그저 싼값에 하나 더 만들라고 하다니.

물론 중국에서는 그게 상식이었다.

좋게, 비싸게 만드는 게 아니라 대충 싸게 만들어서 자주
바꾸게 하는 것. 그게 중국의 상식이었다.

문제는 그러기 위해서는 가격이 못해도 10분의 1 이하의
수준이어야 한다는 건데, 그건 또 아니라는 거다.

즉, 중국의 선박이 많을수록 선박 업계는 치명적인 피해를
입는 구조가 된다.

"물론 못 믿으시겠지요."

"그러니까요."

아무리 알아보려고 해도 중국 내부에서 관련 정보를 줄 리
가 없다.

그렇다고 역병이 도는 곳에 사람을 보내서 조사하라고 할
수도 없다.

최악의 경우 설사 외국인이라고 해도 잡혀가서 소리 소문 없이 죽을 수도 있는 곳이 바로 중국이다.

"이걸 보시면 생각이 좀 달라지실 겁니다."

노형진은 로버트와 다른 사람들을 설득하기 위해 이미 필요한 정보를 확보한 후였다.

"이건 뭡니까?"

"중국에 있는 화장장입니다."

사진을 살펴본 로버트는 움찔했다.

그럴 수밖에 없는 게, 사진 속 장면은 이루 말할 수 없이 참혹했으니까.

"노 변호사님, 이게 사실입니까?"

중국의 화장장이 깔끔하거나 정리되어 있을 거라고는 기대도 하지 않았다.

낙후된 시설? 그건 얼마든지 이해할 수 있었다.

하지만 사진에 담긴 장면은, 아무리 중국이라고 해도 도무지 이해해 줄 수가 없는 그런 것이었다.

화장장 주변에는 시신이 들어 있는 가방이 잔뜩 쌓여 있었다.

쭉 늘어진 시체 가방은 복도와 길바닥까지 빈틈없이 꽉 채우고 있었다.

"사실이지요. 제가 현지에서 몰래 찍어 오라고 한 겁니다."

"아니…… 중국이 이 정도로 시신을 감당 못 한다고요?"

"못 할 겁니다. 중국 내부 보고서에 따르면 현재 사망자는 평년의 10%가 늘었다고 합니다만, 그건 이 시체의 숫자만 봐도 거짓말이지요. 그들에게 거짓말은 너무나 당연한 겁니다. 문제는, 질병이 거짓말로 막을 수 있는 게 아니라는 거죠."

"이런……."

"그래서 이 상황이 악몽이라는 거죠."

로버트는 그 말에 얼굴이 굳었다.

투자회사를 운영하는 입장에서 중국 그리고 형주의 가치를 잘 알고 있으니까.

그런데 그런 그조차도 중국의 상황을 모른다.

이게 얼마나 무서운 거냐면, 중국 정부에서 철저하게 비밀로 은폐하고 있다는 소리다.

그런데 그렇게 은폐한다고 해서 질병이 사라질까?

그럴 리가 없다.

"전 세계적으로 퍼지겠군요."

"제 예상으로는 2차대전 때보다 더 많은 사람이 죽을 겁니다."

"설마요!"

"설마가 아닙니다. 이미 해당 지역에 있는 연구소에서 일부 연구 자료를 받아 봤습니다. 현재 어떤 약도 효과가 없다고 합니다. 아마 인류 역사상 두 번째 흑사병이 될 겁니다."

"미친……."

'그리고 지금 사망률은 어마어마하지.'

현재 중국에서의 사망률은 3%에 달한다.

물론 이 사망률은 국가마다 다르다.

기초적인 보건 체계도 없는 나라와 시스템적으로 건강한 나라는 다를 수밖에 없다.

하지만 코델09의 경우 새로 발견된 상황인 데다가 중국의 위생과 보건이 안정적인 것도 아니고 결정적으로 약도, 대응책도 없어서 현실적으로 사망률이 높아질 수밖에 없었다.

'그리고 그건 미국도 마찬가지지.'

미국이 위생적인 부분에서 중국보다 훨씬 더 나은 것은 사실이다. 하지만 다른 문제로 미국인들은 치료받을 수가 없다.

미국에서 코델09로 인해 격리 치료받은 사람들이 내야 하는 돈은 최소 2억에서 3억 사이.

병은 치유되어 살아 나왔지만 돈을 갚지 못해 자살할 수밖에 없는 상황이 벌어지게 된다.

"시체 가방 회사와 냉동 창고들을 최대한 빨리 긴급 수배해서 구입하세요. 구입이 힘들면 최소 5년은 임대하시고요."

"냉동 창고요? 냉동 창고는 왜……?"

노형진은 로버트의 질문에도 물끄러미 그를 바라보기만 할 뿐이었다.

그 시선에 로버트는 소름 돋는 얼굴이 되었다.

"설마 시신을 냉동 창고에 보관해야 하는 상황이 된단 말입니까?"

"그렇게 될 겁니다."

"아무리 그래도 여기는 미국입니다."

"미국이니까 그나마 그 정도인 겁니다."

원래 역사에서는 코렐09 사망자의 시신을 처리할 수 있는 것만으로도 그 나라가 정상적으로 굴러간다고 여길 정도였다.

초반에는 시체들이 길바닥에 굴러다녀도 누구도 치우지 않아서, 그렇게 버려진 시체에서 다시 코렐09가 퍼지는 악순환이 벌어졌다.

"땅이 없어서 시신을 파내고 거기에 다시 시신을 묻는 일이 벌어질 수도 있습니다."

"그런 말도 안 되는⋯⋯."

"농담 같습니까? 설마 제가 이런 고약한 농담을 하겠습니까?"

쓰게 웃는 노형진의 말에 로버트는 소름이 돋았다.

지금까지 노형진, 즉 미다스가 한 예측은 빗나간 적이 없었다.

단 한 번도 없었기에 미다스를 황금의 손이라고 하는 거다.

경제에서 사회 문제까지 한 번도 예측이 실패한 적이 없는 미다스가 그렇게 확신을 가진다?

"그래도 이번만은 내가 틀린 것이었으면 좋겠습니다."

'하지만 틀릴 수가 없지.'

틀릴 수가 없다.

노형진은 오랜 시간 많은 사람들을 봐 왔다. 그리고 돈이 얼마나 지독한지도 봐 왔다.

'결국 인간은 인간의 목숨보다는 돈을 선택하지.'

죽는 사람은 억울하겠지만 결국 살아남기 위해 돈은 필요하고, 다시 그곳에서 병에 걸리는 악순환이 시작된다.

"그러면 모든 시스템은 역대급 질병에 대한 방어 형태로 운영해야겠군요."

"맞습니다. 그리고 각국은 질병을 막기 위해 절대적인 폐쇄 형태로 운영될 가능성이 아주 큽니다."

"절대적인 폐쇄?"

"봉쇄죠. 아예 사람이 다니지 못하게 하는 겁니다."

그 말에 로버트는 턱을 문질렀다.

"그러면 식량 같은 걸 확보하는 게 문제일 텐데요?"

"그러니 일단 자금을 풀어 식량과 생활 지원에 필요한 물자를 구비하고 그걸 임대 형태로 지급하도록 하지요."

"네? 그게 무슨 말씀이신지?"

"금전적 압박이 가해지면 사람들은 결국 집 밖으로 나갈 수밖에 없습니다."

회귀 전에도 그게 가장 큰 문제였다. 굶어 죽느냐, 질병에 걸려서 죽느냐.

여유가 있는 사람들은 버틸 수 있다.

하지만 여유가 없는 사람들은? 소위 말하는 하루 벌어서 하루 먹고사는 사람들은?

'일터로 나갈 수밖에 없다.'

그리고 그곳에서 질병에 걸려서 천천히 죽어 갈 수밖에 없다.

그게 현실이다.

"그러면 돈을 빌려주자는 말씀이신가요?"

"아니요. 그건 아닙니다. 돈을 빌려주는 건 그 자체로도 샐 구멍이 너무 많아요."

누군가 속임수로 왕창 빌려 갈 수도 있고, 그 돈이 꼭 생활에 필요하지 않은 다른 곳으로 갈 수도 있다.

"그러면요?"

"대출의 대상은 돈이 아니라 물자가 될 겁니다."

"물자요?"

"쉽게 말해서 외상이 되는 거죠. 다만 그 규모가 글로벌해서 그렇지."

쉽게 말해서 돈 대신 생존에 필요한 물자를 빌려주는 것이다.

가령 어떤 지역을 2주 동안 폐쇄하는 대신 그동안 생활에 필요한 식량과 물자를 제공한다면?

"미국에서 2차대전 당시에 랜드리스를 했지요. 그 민간 버전이라고 보시면 됩니다."

"아하!"

랜드리스는 2차대전 당시 미국이 연합국에 무기를 빌려주는 작전이었다.

돈을 줘 봐야 당장 무기를 살 수 있는 게 아니니 차라리 무기를 주고 추후에 그 무기 대금을 받는 형태를 취한 것이다.

노형진은 거기에 착안해서 식량과 필수품을 리스할 생각이었다.

"최소한 그 지역에서는 해당 질병이 사라질 가능성이 높겠군요."

"네. 물론 외부에서 다시 들어올 가능성이 없는 것은 아니지만."

그래도 한 지역에서 바이러스를 박멸한 후에 제대로 관리만 한다면 조금씩 청정 지역을 늘려 갈 수 있을 것이다.

"물론 그런다고 해서 세상이 한꺼번에 깨끗해지지는 않을 테지만요."

그러나 최소한 먹고 마시고 자는 문제만 해결된다면 사람들은 생존을 위해 인내할 수 있다.

사람들이 인내하지 못하는 이유는 생존의 불투명성 때문이니까.

그들이 방역 정책을 어기고 싶어서 어기는 게 아니다.

나가지 않으면 온 가족이 다 굶어 죽을 수밖에 없기 때문이다.

"하지만 노동자들은요?"

"필수 노동자들의 경우는 동의를 얻어서 회사 내부에서 숙식을 해결하게 할 겁니다."

"하지만 불만이 생길 텐데요?"

그 말에 노형진은 어깨를 으쓱했다.

"그러면 그만두라고 하세요."

"네?"

"저는 질병을 막고 싶은 거지 질질 끌려다니고 싶은 게 아닙니다."

질병의 전파를 막아서 가능하면 빨리 세상에 평화를 가지고 오고 싶은 건 사실이나, 그렇다고 해서 표를 얻어야 하는 정치인들처럼 행동할 이유는 없다.

"제 방침이 싫으면 그만두면 됩니다. 하지만 과연 그 사람들이 그만둘까요?"

"그럴 리가 없겠군요."

사람의 감정은 상황에 따라 달라지기 마련이다.

평소에 그렇게 가두어 두고 근무시킨다면 불만이 안 터질 수가 없겠지만, 비상 상황에 사방에 질병이 퍼지고 있다면 불만도 덜 생길 것이다.

'그리고 그러한 비상 상황으로 인해 전 세계에 불황이 닥치면 자신이 일할 곳이 있다는 것만으로도 감사하게 생각하겠지.'

다른 사람들은 망해 버린 회사에서 돈도 받지 못하고 나올 가능성이 아주 크니까.

그런 상황에서 과연 자신의 자유를 억압한다면서 불만을 가질 사람이 있을까? 자신의 목숨뿐만 아니라 가족의 목숨까지 걸어 가면서?

이것이 법이다

물론 그런 사람들이 아예 없는 건 아닐 것이다. 역사적으로도 그런 사람은 존재한다.

하지만 그런 사람들까지 굳이 구제해 줄 만큼 노형진이 착한 사람은 아니었다.

"물론 그런 사람이 있겠지요. 하지만 좀 독하게 말하면, 그런 사람들은 자연도태 되는 게 세상에 도움이 될 겁니다."

"자연도태요?"

"수백만 명이 죽어 나가도 이 모든 게 가짜라고 하는 놈들이 있을 테니까요."

"에이, 설마요."

로버트는 말도 안 된다고 피식 웃었다.

하지만 노형진은 웃지 않았다.

'어쩌겠어. 뇌를 장식으로 들고 다니는 놈들이 있는데 말이야.'

자유란 좋은 거다. 하지만 자유와 방종을 구분하지 못하고 마스크도 쓰지 않으면서 전 세계로 질병을 퍼트리는 놈들이 있었다.

심지어 코델09가 가짜라면서 적극적으로 사방에 돌아다니던 놈들도 있었다.

'그런 놈들은 진짜 지능에 문제가 있는 거지.'

모두를 구할 수는 없다.

그건 누구보다 노형진이 잘 알고 있었다.

"알겠습니다. 그러면 그렇게 하도록 하겠습니다. 다른 직원들과 이야기해서 최대한 비상 상황에 맞는 수익 모델을 찾도록 하지요."

"네. 아, 그리고 집 안에서 하는 게 많아질 테니까 게임이나 인터넷 방송에 대한 투자도 늘리시고요."

"아, 그렇군요. 그건 생각 못 했네요."

"서두르세요. 세상을 구하기 위해서는 돈이 어마어마하게 필요할 테니까."

노형진의 말에 로버트는 쓰게 웃을 수밖에 없었다.

⚖️

노형진이 아예 변호사로서의 업무도 하지 않고 이 일에 매달리고 있을 때쯤 중국의 상황은 걷잡을 수 없이 심각해지고 있었다.

아무리 공산당 정부에서 최대한 막는다고 해도 감출 수 없을 정도로 수백 수천 명이 죽어 나갔다.

당연히 그와 관련된 소문이 사방으로 퍼지기 시작했다.

"요즘 전염병이 돈다고 하던데?"

"설마. 당에서는 아무런 말도 없던데?"

"당에서 하는 말을 믿어?"

"아니, 그게……. 안 믿을 수는 없잖아."

안 믿을 수는 없다. 이게 현재 중국의 현실이다.

중국에서는 당에서 하는 말을 믿을 수가 없었다.

하지만 안 믿을 수도 없었다.

믿을 수가 없다는 것이 현실적인 문제라면, 안 믿을 수 없다는 것은 생존의 문제였다.

"그리고 말이야, 그렇게 역병이 도는 상황이라면 분명 당에서 어떻게 해서든 방법을 찾겠지."

"그러겠지."

애써 두려움을 털어 내면서 출근하던 두 사람은 신호등 앞에서 만나 이런저런 이야기를 나누었다.

"그리고 정말 전염병이 돈다면 공장들이 이렇게 빵빵하게 돌아가겠어?"

"하긴, 그것도 그러네. 분명 반동분자들이 흘리는 거짓 소문일 거야."

"그렇겠지."

대화를 나누며 공장에 들어서려는 찰나, 옆에서 이상한 소리가 들렸다.

"끄으으윽."

"응?"

그들은 이상한 소리에 고개를 돌렸다.

시선이 향한 곳에는 몸이 안 좋다면서 며칠 쉬고 돌아온 회사 동료 룽이 서 있었다.

그는 곧 거짓말처럼 그대로 앞으로 고꾸라졌다.

"헉!"

"륭 씨, 괜찮아?"

두 사람은 다급히 륭에게 달려갔다.

"콜록콜록."

륭은 끊임없이 기침하면서 몸부림을 쳤다. 숨을 쉬기 위해, 공기를 들이마시기 위해서였다.

"끄으으윽."

"륭 씨! 륭 씨!"

그러나 륭은 얼굴이 점점 창백해지더니 결국 그대로 숨이 멈춰 버렸다.

"아니, 이게 뭔 일이야?"

갑작스러운 동료의 죽음. 출근하던 사람들은 당황스러운 상황에 얼어붙었다.

"이봐, 무슨 일이야?"

"반장님, 륭이 죽었습니다."

"륭이 왜 죽어?"

"숨을 안 쉽니다."

"뭐?"

그 말에 작업반장은 다가가서 륭의 가슴에 귀를 대고 눈과 코를 살폈다.

"뭐 이런……."

직원의 갑작스러운 죽음. 그건 모두에게 당혹스러운 상황이었다.

하지만 작업반장의 말은 차갑기 그지없었다.

"그나마 다행이네."

"네?"

"근무 중에 죽었으면 산재니 뭐니 하면서 지랄을 떨었을 거 아냐? 출근하다가 단순히 심장마비로 죽은 모양이네."

"아니…… 그게 무슨…….."

"시끄럽고, 너희는 당장 출근해. 공장 멈추면 너희가 책임질 거야?"

"…….."

"당장 가서 일하라고. 구급차는 내가 기다릴 테니까."

"…….."

"아니면 사표를 쓰든가."

농민공인 이들은 사표를 쓰고 나면 먹고살 방법이 막막해진다.

물론 농민공이니 지방에서 농사를 지으면 된다고 할지도 모른다.

하지만 현실적으로 중국에서 농사를 지어서 먹고사는 것은 불가능했다.

"알겠습니다."

반장의 말에 직원들은 어쩔 수 없이 출근을 서둘렀고, 반장은 구급차를 불러서 바로 시신을 치우라고 했다.

─시간이 좀 걸릴 겁니다.

"뭐라고요?"

─요즘 긴급 출동 건수가 늘어서요.

"빨리 좀 와 주세요. 시체가 바닥에 있는 게 보기 안 좋습니다."

─서두르도록 하지요.

반장은 통화를 끝내고는 바닥에 쓰러진 륭을 보다가 어쩔 수 없다는 듯 그의 시신을 질질 끌어서 벽에 기대어 놨다.

"에이, 뒈지려면 집에서 곱게 뒈질 것이지. 몸 안 좋다고 집에서 쉬겠다던 놈이 왜 출근하다 뒈지고 지랄이야."

그는 그렇게 말하면서 벽에 기대어 놓은 륭을 바라보다가 몸을 돌려서 공장으로 향했다.

그사이에 조회가 끝난 공장에서는 근무자들이 근무하고 있었다.

"콜록, 콜록."

"캑캑."

그리고 여기저기서 들리는 기침 소리.

그런 소리에 반장은 짜증을 확 냈다.

"시끄러워! 뭐 하는 거야?"

"몸이 안 좋아서요, 반장님."

"그러면 곱게 집에 가서 뒈지든가! 회사에 피해는 안 줘야 할 거 아냐!"

"그건…… 그러네요. 죄송합니다, 반장님."

"그냥 입 닥치고 일해!"

"네, 반장님."

농민공들에게 한 소리를 한 반장은 여기저기 돌아다니면서 근무하는 사람들을 감시하고 다그쳤다.

"콜록콜록."

그러나 어느샌가 그도 자신도 모르게 기침을 하기 시작했다.

"반장님은 왜 기침하세요?"

"너희가 너무 더럽게 해 놔서 그런 거 아냐? 콜록콜록."

"……."

"청소 좀 하고 살아라, 이 새끼들아."

직원은 반장의 말에 대꾸도 하지 못하고 그냥 고개만 푹 숙이고 일하는 데 집중했다.

"콜록콜록."

반장은 끊임없이 기침하면서도 공장 내부를 돌아다녔다.

자신이 저들보다 직급이 높은 것은 사실이지만 결국 월급쟁이라는 것은 마찬가지.

쉴 수가 없다.

중국에는 노동자 보호법 같은 게 없다.

아파서 쉬면 그때부터 온갖 불이익이 닥쳐온다.

"콜록콜록."

결국 그는 계속 기침을 하면서 온 공장을 돌아다닐 수밖에 없었다.

아무리 감추고 싶다고 해도 결국 감출 수 없는 게 있는 법이다.

중국의 노동자들이 하루에도 수십 명씩 죽어 나가자 외국에서도 이상 징후를 알아차릴 수밖에 없었다.

"뭐? 중국에서 신종 전염병이 돌고 있어?"

와이플의 중국 시장을 담당하던 중국 지사의 사장은 생각지도 못한 보고에 깜짝 놀랐다.

"그렇습니다. 그런 소문이 있습니다."

"치료는?"

"그게…… 치료는 불가능하다고 합니다."

"그게 무슨 소리야!"

세계적인 기업 와이플은 중국의 형주에 거대한 공장을 가지고 있다.

와이플 물건의 무려 30% 이상이 해당 공장에서 나올 정도의 규모였다.

당연히 공장에서 일하는 근무자들의 숫자는 어마어마했고, 그래서 사망자 숫자가 더 많았다.

"저희도 확인해 봤습니다. 일단 병원에서는 단순 폐렴이라고 하는데……."

"뭔 말도 안 되는 소리야? 이 기록 안 보여?"

와이플 공장에서만 근 한 달 사이에서 사망자가 일흔 명이 넘는다.

아무리 와이플 공장에 근무자가 많다 해도 폐렴으로만 일흔 명이 넘는 사망자가 나오는 건 불가능하다.

"더군다나 이게 이해가 안 가는 건데, 나아진 사람들도 출근하지 않고 있습니다."

"나아진 사람들도 출근하지 않는다고?"

"네. 연락해 봐도 없는 번호라고 나오거나, 아니면 아직 병원에 있다고……. 그리고 최근에 형주 공장에서 기침하는 사람들의 숫자가 어마어마하게 많다고 합니다."

"기침…… 폐렴…… 질병……. 이거 왜 이렇게 불안해?"

중국은 수차례 신종 질병이 발생했던 나라다.

그리고 그때마다 그 사실을 감추려다가 문제를 많이 일으켰다.

"확실해?"

"네. 그리고 얼마 전에 중국 형주 공장에서 돌아온 조 해리슨 씨 말입니다."

"그 사람이 왜?"

"병원에서 사망했다고 연락이 왔습니다."

"사망?"

"네. 그런데 폐렴이라고……."

중국 공장에 파견됐다가 돌아온 직원의 사망. 사인은 폐렴. 이게 과연 우연일까?

"이게 도대체 무슨 일……."

그 순간 보고하던 직원의 핸드폰이 미친 듯이 울리기 시작했다.

그러자 직원은 살짝 당황해서 핸드폰을 끄려고 했다.

"죄송합니다."

"아니야. 받아 봐."

"네?"

"받아 보라고. 왠지 기분이 안 좋아."

특유의 직감으로 이 자리까지 온 지사장은 침을 꿀꺽 삼키면서 말했다.

"네, 얀센입니다."

지사장의 말에 어쩔 수 없이 전화를 받은 그는 고개를 갸웃했다.

"CDC요?"

"뭐? 지금 뭐라고 했어?"

"CDC라는데요?"

"당장 스피커폰으로 돌려! 당장!"

그 말에 얀센은 스피커폰을 켰다.

그러자 전화기에서 들려오는 목소리.

ㅡCDC입니다. 최근에 조 해리슨 씨와 접촉하셨지요?

"네, 병문안을 갔다 왔습니다만?"

ㅡ현 시간부터 누구도 만나지 말고 외부로부터 자신을 격리하시기 바랍니다.

"격리라니요?"

ㅡ조 해리슨 씨의 폐에서 신종 바이러스가 발견되었습니다. 지금 저희 쪽에서 요원을 그쪽으로 보냈으니까 절대로 누구도 만나지 마셔야 합니다.

CDC는 미국의 질병 예방을 담당하는 부서다. 그런 곳에서 전담 직원을 보냈다는 것은 절대로 장난이 아니라는 뜻이다.

그 말을 들은 얀센의 얼굴에는 공포가 서리기 시작했고, 같이 있던 지사장의 입에서는 욕이 튀어나왔다.

"이런 씨발."

⚖️

한번 시작된 폐렴은 어마어마한 속도로 퍼졌다.

어디서 어떻게 퍼지는지 알 수도 없을 정도로 말이다.

물론 그걸 외부에 널리 알릴 수는 없었다.

미국의 질병통제국인 CDC도 국제적 문제가 있다 보니 중국에서 신종 바이러스가 발생했다고 주장할 수는 없었다.

다만 방역을 위해 일단 추적해야 한다고 할 뿐이었다.

하지만 노형진은 사람들에게 단호하게 말했다.

"당장 중국에서 나오세요. 중국에서 신종 바이러스가 출몰했다는 정보가 있습니다."

"말도 안 되는 소리."

"농담이 아닙니다. 이 바이러스가 전 세계를 멈추게 할 겁니다."

"미스터 노, 당신이 미다스의 대리인인 건 알지만 선은 넘지 않았으면 좋겠네요."

아스가르드. 그 안에서 노형진은 전 세계에 영향을 미칠 수 있는 사람들을 모아 두고 경고해 주고 있었다.

"농담이 아닙니다. 어떻게 해서든 막아야 합니다. 일단 대중국 출입을 봉쇄하고 중국에서 들어오는 모든 사람들에 대해 철저하게 방역하고 최소 2주간은 격리 조치를 해야 합니다."

"미스터 노, 미친 겁니까?"

"그 정도면 세계가 멈춥니다."

말도 안 된다는 듯 코웃음을 치는 사람들.

"그래도 해야 합니다. 무조건 해야 합니다."

"미안하지만 못 들은 걸로 하겠습니다."

"미다스의 의견인가요?"

"그렇습니다."

"미다스도 이제 감을 잃은 모양이군요. 그런 터무니없는 일은 있을 수 없습니다."

다들 말도 안 된다면서 노형진의 말을 비웃었다.

하긴, 세계적인 질병으로 전 세계가 멈춘다는 말을 누가 그렇게 쉽게 믿어 주겠는가?

"중요한 이야기가 있다고 하더니 시간 낭비였군요. 다음 기착지에서 내려서 따로 돌아가도록 하지요."

단호하게 선을 긋는 사람들.

노형진은 그런 사람들을 보면서 입술을 깨물며 뒤로 물러났다.

예상은 했지만 설마 이 정도로 완강할 줄은 몰랐다.

그런 노형진에게 손채림이 다가왔다.

"역시 말이 안 통해?"

"그래. 아마 예상대로 될 것 같아."

"최악의 시나리오 말이지?"

최악의 시나리오. 그건 원래 역사대로 코델09로 인한 팬데믹이 오는 것을 의미한다.

"맞아. 일단 돌아가면 아스가르드의 비행은 바로 중지시켜."

"이 비행기를?"

"그래, 무조건 중지시켜. 나중에 백신이 나오기 전까지 비행은 포기한다."

그 말에 손채림은 당황한 얼굴로 노형진을 바라보았다.

"아니, 그러면 직원들은?"

"뭐, 우리가 그들을 자를 만큼 다급한 상황은 아니잖아?"

어차피 아스가르드의 직원들은 사업 비행을 하는 사람들이 아니다. 그러니 그들의 자리를 지켜 주는 건 어렵지 않았다.

그리고 비행기 관리는 다른 비행사가 맡고 있기 때문에 문제 될 건 없다.

"음…… 너는 그 팬데믹이라는 게 반드시 올 거라고 확신하는 거구나."

"올 거야."

노형진은 확신했다.

"그리고 다시는 지금과 같은 시대가 돌아오지 않지."

그건 이미 회귀 전 역사가 증명했다.

'딱 하나 다른 건, 그 시대를 쥐고 흔드는 게 다른 사람이 아닌 내가 될 거라는 거야.'

지옥 입구가 열리다

형주. 그곳은 말 그대로 지옥이 되었다.

이제는 막을 수도 없는 수준의 질병이 온 지역을 휩쓸고 있었다.

"형주 문제를 어떻게 할 겁니까?"

"중국에서 형주 문제를 해결해야 합니다."

아무리 붕어 대가리라고 해도 형주에서 질병이 퍼지고 있다는 걸 안 이상 각 나라의 사람들은 중국에 압박을 가할 수밖에 없었다.

물론 중국에서도 이제 감추는 건 불가능하다고 생각하고 있었다.

하지만 그럼에도 불구하고 중국은 거의 본능적으로 거짓

말을 했다.

"해당 질병은 우리가 통제 중입니다."

"코넬09가 얼마나 퍼진 겁니까? 사망자는 얼마나 됩니까?"

"사망자는 백 명 이하입니다. 사망률도 0.01% 이하입니다."

"지금 그걸 말이라고 하는 겁니까?"

"지금 형주에서 사람들이 죽어 나가는 걸 모른다고 생각해요?"

"단순 계절 독감 때문입니다. 형주의 질병은 우리가 완벽하게 통제하고 있습니다."

공산당이 할 수 있는 것은 오로지 하나, 거짓말뿐이었다.

그리고 노형진은 그 거짓말이 초래할 미래를 알기에 당장 박기훈 대통령을 만나서 강력하게 주장했다.

"중국에서 입국 중인 모든 사람들에 대한 격리를 시작하셔야 합니다."

그 말에 박기훈이 황망한 표정으로 노형진을 쳐다보았다.

"자네 돌았나?"

"돈 게 아닙니다. 지금 중국은 심각한 질병을 감추고 있습니다."

"아니, 그거야 소문은 들었네만."

"원래대로라면 아예 입국 금지를 시켜야 합니다."

"하지만 말이야, 상대는 중국이야. 입국 금지를 시키면 그 미친놈들이 뭔 개지랄을 할지 모르네."

상식이 있는 다른 나라들과 다르게 중국은 상식이라는 게 없다.

중국은 자신의 명령에 다른 나라가 따라야만 한다고 생각한다.

"더군다나 중국은 우리를 아주 못 잡아먹어서 안달이네. 몰라서 그러나?"

미국과 러시아는 무섭고 일본은 미국이 철저하게 보호하니 건드릴 수가 없고.

그래서 중국이 가장 만만하게 생각하는 게 바로 한국이다.

한국은 찍어 눌러도 찍소리도 못 하는 데다가, 미국의 보호가 일본보다 훨씬 약하기 때문이다.

"그래서 입국 금지가 아니라 격리시키라고 하는 겁니다. 물론 중국에서 오는 모든 사람들의 격리 비용은 자부담으로 해야 합니다."

"아니, 왜?"

"그래야 안 오니까요."

대놓고 오지 말라고 할 수는 없고 결국 오지 않게 해야 하는데, 2주간 자가 격리에다 그 비용 부담까지 해야 한다면 관광객은 당연히 급감할 수밖에 없다.

"자네, 그런 짓을 하면 무슨 일이 벌어질지는 알고 말하는 거지?"

"물론입니다. 하지만 중국에서는 당분간 항의 말고는 아무런 행동도 하지 못할 가능성이 큽니다."

"어째서 말인가?"

"지금 형주의 상황을 모르시나 보군요."

"정체불명의 질병이 돌고 있다는 보고만 들었네."

"역시 그렇군요."

하긴, 중국 정부는 철저하게 외국의 시선을 막고 있다.

그러다 보니 질병이 돌고 있다는 것 말고는 정보가 아무것도 없다.

"조만간 형주는 봉쇄될 겁니다."

"봉쇄된다고? 거기를 막는단 말인가?"

"그렇습니다. 그 안에서 누구도 나오지 못할 겁니다."

"그 정도로 심각하다고?"

한 도시를 봉쇄한다는 것은 아주 심각한 경우에만 벌어지는 일이다.

한국에서도 도시가 봉쇄된 경우는 독재 정권 당시 민주화 운동을 하는 도시를 봉쇄한 게 전부였다.

그나마 그건 정권 유지의 목적이라도 있었지, 지금 형주는 중국의 공식적인 발표에 따르면 컨트롤이 되고 있다.

"사망자가 백 명도 안 된다고 하던데."

"그 말을 믿으시나요?"

"물론 안 믿네만."

다른 나라라면 모를까, 중국 옆에서 매일같이 속고 당했던 한국이다. 그러니 중국이 하는 거짓말에는 이골이 나서, 그들이 무슨 말을 하든 일단은 의심하는 게 정상이었다.

'질병이 이렇게 퍼지게 된 이유가 바로 그거지.'

한국은 중국이 거짓말하고 있는 거라고 확신하고 예방을 철저하게 한 편이었다.

물론 지금 노형진은 그것보다 훨씬 더 강하게 하기를 요구하고 있지만 말이다.

그러나 다른 나라들은 다들 중국이 최소한 자기네들처럼 상식에 기반해 판단할 거라고 생각했다.

상식적으로 문제를 해결하려고 하고 상식적인 선에서 말을 해 줄 거라고.

'하지만 중국은 절대 그런 나라가 아니야.'

자신들의 금전적 이득을 위해 최후까지 버티면서 형주를 봉쇄하지 않았다.

심지어 봉쇄 예고까지 하는 바람에 형주에 있던 사람들이 전 중국으로 퍼져 나갔고, 자연스럽게 그들이 한 거짓말을 믿은 나라들도 국경을 봉쇄하지 않고 있던 때에 전 세계에 코델09를 퍼트렸다.

"하지만 말이야, 2주간 격리를 한다고 하면 한국 언론들도 난리가 날 거야."

사실 박기훈 대통령은 언론과 사이가 안 좋다.

안 좋을 수밖에 없다. 그는 확고한 개혁파 대통령이고 실제로 언론을 많이 공격한 사람이니까.

"압니다. 그런데 설마, 그걸 안 하면 언론에서 공격하지 않을 거라고 생각하시는 건 아니죠?"

"끄응……."

"뭘 해도 그놈들은 공격합니다. 아시지 않습니까?"

봉쇄하면 아마 그로 인해 한국의 경제가 몰락할 거라고 게 거품을 물면서 물어뜯을 것이다.

"한국의 언론사들은 정상적인 곳이 거의 없습니다."

노형진이 코리아 타임라인을 만들어 거짓 기사를 쓴 기자가 자살할 때까지 공격하고 아예 사회적으로 막아 버려서 그나마 덜한 거지, 사설 같은 건 막을 수가 없었다.

그건 명백하게 언론의자유의 영역에 들어가니까.

"차라리 봉쇄하고 역습하는 게 맞습니다."

"역습?"

"한국의 언론사들은 나라가 망하기를 기도한다고 말이지요."

"뭔 말도 안 되는 소리인가? 아무리 그래도 그렇지, 한국의 언론사들이 그런 걸 원하겠나?"

그들이 권력을 쥐고 흔들 수 있는 이유는 한국이 존재하기 때문이다.

만일 다른 나라에 한국이 먹혀 버리면? 언론의자유 따위는 없다.

대한민국 주변의 어떤 나라도 언론의자유를 보장하지는

않는다.

심지어 일본조차도 언론을 정부에서 통제한다.

아시아 주변에서 언론이 권력이 된 나라는 오로지 한국뿐이다.

"물론 그렇지는 않겠지요. 하지만 그들이 요구하는 건 궁극적으로 그런 결과를 가지고 올 만큼 위험한 상황입니다."

"이해가 안 가네만? 뭐, 내가 기자들에게 욕먹기 싫어서 이러는 건 아니네. 대통령이 되고 개혁의 길을 가는 상황에서 욕먹지 않으면 그게 이상한 거지."

노형진은 침을 꿀꺽 삼켰다.

그러고는 미리 준비한 핸드폰을 하나 꺼냈다.

"이 핸드폰에는 기밀 사항이 들어 있습니다. 그리고 외부와 연결되어 있지 않습니다."

"그래서?"

"여기에는 제가 한 사람을 통해 형주에서 찍은 장면이 들어 있습니다."

"어떤 장면이기에 그러나? 형주의 소독 장면이라도 들어 있나? 아니면, 질병은 거짓말이고 내부에서 무슨 민주화 운동이라도 터진 건가?"

"둘 다 아닙니다. 일단 보시죠. 그러면 제가 왜 이렇게 극단적인 대처를 권하는지 아시게 될 겁니다."

노형진은 핸드폰에 있는 영상을 플레이시켰다.

그 영상은 전에 본 적이 있는 장소, 형주의 화장장이었다.

"이거 자네가 보여 준 곳 아닌가?"

노형진은 형주의 화장장의 상황을 자문하면서 보여 준 적이 있었다.

"그렇습니다. 하지만 그럼에도 불구하고 이건 상당히 충격적이기에 회의실에서 공개할 수가 없었습니다. 사실 그 이후에 들어온 영상이기도 하고요."

노형진의 말에 영상을 뚫어져라 바라보는 박기훈.

그 영상은 수많은 시체 가방들이 가득한 화장장의 모습을 보여 주고 있었다.

"이렇게 시체가 많은데 사망자가 백 명 정도라고? 터무니가 없군."

눈을 찡그리는 박기훈.

심지어 어떤 시신들은 시체 가방에도 들어가지 못한 채 병원에서 쓸 법한 하얀 천에 둘둘 말려 있기까지 했다.

그리고 그런 시체가 한두 구가 아니었다.

족히 백 단위는 쉽게 넘어 보이는 모습이었다.

"지금 보시면 알겠지만 중국은 전국의 시체 가방을 형주로 보내고 있습니다. 그럼에도 불구하고 시체 가방의 숫자가 부족해서 이렇게 시체를 하얀 천으로 둘둘 말아서 처리하고 있습니다."

"허…… 미쳤군."

물론 시체 가방이라는 건 평소에 쓰이는 물건이 아니다.

전쟁이나 기타 긴급 상황이 아니면 쓰일 일이 없는 물건이다.

애초에 일상적인 상황에서는 망자의 존엄을 위해 관을 쓰니까.

그런데 전국에서 시체 가방을 모으고 있는데도 불구하고 부족해서 천으로 대충 둘둘 말아서 처리한다?

"중국쯤이면 시체 가방이 몇십만 개는 될 텐데?"

심지어 중국이 워낙 넓다 보니 다른 지역에 있는 시체 가방이 오는 데 오래 걸린다는 걸 감안하면 족히 몇만 개는 해당 지역에 있어야 한다.

"그런데 백 명이라……."

말도 안 된다고 생각은 했지만 이건 상상 이상의 거짓말이었다.

"조금 더 보시죠."

그 말에 박기훈은 조용히 영상을 보았다.

그리고 눈을 묘하게 떴다.

"지금 이 시체 가방, 움직인 것 같은데?"

누군가 시체를 소각하기 위해서인지 시체 가방 하나를 대충 둘러메고 가기 시작했다.

그런데 그렇게 들자 가방이 꿈틀거렸다.

"내가 잘못 본 게 아니군."

분명 시체 가방은 조금씩 꿈틀거리고 있었다.

그 폭이 그다지 크지 않지만, 그래도 움직이는 건 확인할 수 있었다.

카메라는 그 사람을 따라 조용히 줌을 당겼다.

이후 그 가방을 포함하여 여러 개가 한꺼번에 시신을 태우는 화로로 들어갔다.

"따로 구분해서 태우지도 않는단 말인가?"

"네, 그럴 여건이 안 됩니다."

"그런데도 이 지경이라고?"

영상 속에서 보이는, 사방에 쌓인 어마어마한 양의 시체들.

그런데 그다음 순간, 갑자기 찢어지는 비명이 들려왔다.

−끄아아악!

−아아아악!

"이, 이게 무슨……?"

사람이 내지를 수 있는 비명이 아니라고 생각될 정도로 찢어지는 듯한 비명이었다.

다만 어딘가에 막혀 있는 것처럼 작은 소리였지만, 비명이라는 것만은 확실하게 알 수 있었다.

그리고 그 비명은 금세 잠잠해졌다.

하지만 조금 먼 곳에서 여전히 그 비명은 아주 작게 계속 들려오고 있었다.

"이거 어떻게 된 건가? 설마……?"

꿈틀거리는 시체 가방, 그리고 사람들이 내질렀을 것으로 추정되는 고통스러운 비명.

그 시체 가방 안에 좀비가 들어 있었던 게 아니라면 의미하는 건 하나뿐이었다.

"맞습니다. 살아 있는 사람입니다."

"사…… 살아 있는 사람?"

"살처분한 겁니다."

"사람을 말인가?"

"네. 지금 중국은, 정확하게 형주는 이미 통제 불능 상태에 들어갔습니다."

하루에도 수만 명이 죽어 나가고 있다.

시체가 너무 쌓여서 수거 자체가 불가능한 지경까지 온 상황.

"병원에도 자리가 없다고 하더군요."

하지만 몰려오는 사람들은 많다.

그러니 그들을 위해 자리를 만들어야 한다.

"가망이 없다고 판단되면 그냥 끌어낸다고 합니다."

"그냥 끌어낸다고?"

"네."

문제는 그 사람이 아직 죽지 않았다는 거다.

물론 대부분은 그렇게 연명 치료가 중단되면 얼마 되지 않아 죽는다.

코넬09는 폐를 공격하기 때문에 연명 치료 중인 사람에게서 산소마스크를 빼면 얼마 가지 않아 질식사할 수밖에 없다.

"하지만 화장장에 도착하기 전에 꼭 죽으리라는 보장은 없지요. 더군다나 중국은 질병을 막는다는 이유로 닥치는 대로 화장 중입니다."

"설마……."

즉, 운이 나빠서 거기에 도착해서도 살아 있는 사람은 그냥 산 채로 화장되는 지옥이 펼쳐지고 있다는 뜻이다.

"이런 미친……."

"별거 아니라고요? 이미 별거입니다. 다른 나라에서 모를 뿐이지요."

"……."

"그리고 이걸 보세요."

다른 영상으로 넘어가자 그 영상에 나오는 것은 거대한 쓰레기통이었다.

500리터짜리 쓰레기통이 가득, 화장장의 바깥에 쌓여 있었다.

"이게 뭔가?"

"유골입니다."

"뭐?"

박기훈은 도무지 믿을 수 없다는 듯 되물었다.

"이렇게 어마어마한 양의 시신을 태우는데 유골이 어디로 가겠습니까? 그리고 그 유골을 어떻게 돌려주겠습니까?"

비상시라 유골을 돌려줄 수도 없다.

장례도 치를 수 없다.

유골함? 그런 게 있을 리가 없다.

소각 처리된 유골을 그냥 대충 봉투에 넣어서 쓰레기통에 던져 넣는 게 현실이었다.

실제로 몰래 찍고 있다는 걸 모르는 직원들이 쓰레기통 안으로 유골이 담긴 봉투들을 대충 던져 버리는 장면이 영상에 그대로 담겨 있었다.

"아니, 이름도 없이 이렇게 한다고? 나중에 어떻게 돌려주려고?"

"유골에는 이름표가 없으니까요."

그 말에 박기훈의 얼굴에는 혐오의 빛이 떠올랐다.

그게 무슨 뜻인지 바로 알아들었기 때문이다.

"이게 지금 중국의 상황입니다. 이렇게 하고 있음에도 불구하고 지금 형주는 통제 불가능한 상황이고요."

말 그대로 인간을 살처분 하는 상황이다.

"이런……."

박기훈은 심각한 표정이 되었다. 이건 진짜 몰랐던 일이니까.

"아까 기자들이 공격할 거라고 하셨지요? 그러면 그에 대한 반격은 어떻게 하실 겁니까?"

"그거야……."

"제대로 막으면 이야기가 달라질 겁니다."

제대로 막을 수만 있으면 도리어 기자들이 욕을 처먹게 된다. 전 세계에 도는 질병을 기자들이 국내로 들여오라고 한 셈이 되니까.

"지금 2주간 격리하지 않는다면 나중에 봉쇄도 제대로 하지 않았다고 또 지랄하겠지요."

"으음……."

"결국 선택을 해야 합니다. 그리고 지금 하든 나중에 하든, 결국 해야 하는 일입니다."

그 말에 박기훈은 고개를 끄덕거렸다.

영상을 보고 나서야 이게 얼마나 심각한 일인지 알아차린 것이다.

"바로 2주간 격리시키겠네. 자네 말마따나 중국에서 형주를 격리한다면 아예 입국 금지를 시키는 방향으로 가야겠군."

"앞으로 당분간은 전 세계 모든 국가가 각자 살아남아야 할 겁니다."

노형진은 씁쓸한 기분으로 그렇게 말했다.

⚖️

대한민국 정부에서는 중국에서 오는 모든 사람들을 2주간 격리시키는 초강도 보호 정책을 시작했다.

물론 그 과정이 순탄치는 않았다.

다른 나라들은 아직 격리나 봉쇄를 하지 않는 상황.

그런데 갑자기 입국자에 대한 2주 격리를 발표하자 언론에서는 기회를 잡았다는 듯 미친 듯이 물어뜯었다.

나라 망치는 대통령

대중국 정책, 이게 정상인가

중국과 함께해야 미래가 있다

노형진은 게거품을 무는 언론사들을 보면서 쓰게 웃었다.

"아무리 그래도 바뀌지 않는 게 있나 보네."

"무슨 말인가?"

노형진의 혼잣말에 김성식이 고개를 갸웃하면서 물었다.

"아, 그냥 혼잣말입니다. 그냥 언론을 보고 있으면 참 답이 없다 싶어서요. 중국의 상황에 대해 알지도 못하면서 말입니다."

"어쩌겠나. 아무리 그 난리를 해도 결국 언론사의 주인은 사주인데."

언론사를 개혁한다고 했지만 결국 사주는 손대지 못했다.

언론사를 가진 게 죄는 아니니까.

그렇다 보니 언론은 전보다 약해졌다 뿐이지 바뀌지는 않았다.

그들 입장에서 기자들은 어차피 쓰고 버리는 부품이다.

거짓 뉴스를 터트리고 자살하거나 인생이 파멸한다 해도
별로 중요하지 않다.

"뭐, 그건 그렇다고 치고. 그래, 이제는 어떻게 될 것 같나?"

김성식은 우려가 섞인 얼굴로 조간을 내려다보면서 말했다.

조간의 메인은 중국 이야기로 도배되어 있었다.

중국 형주 시 봉쇄 결정. 오늘 밤 12시부터 형주 지역 봉쇄

"자네 예상대로 형주 지역이 봉쇄되는군. 어떻게 될 것 같나?"

"아마 봉쇄의 효과는 전혀 없을 겁니다."

"그렇겠지. 도대체 중국 정부는 무슨 생각을 하는 거야?"

한 지역을 봉쇄하는 전략을 쓸 때는 빠르게 그리고 비밀리
에 해야 한다.

당연하다. 질병이 돌고 있는 봉쇄된 도시 내부에 남고 싶
어 하는 사람은 아무도 없다.

그런데 봉쇄를 예고한다?

"너도나도 다른 도시로 도망가겠지."

이미 형주에서 다른 도시로 나가는 도로는 꽉꽉 막혔고 대
중교통은 자리가 없는 수준이다.

심지어 걸어서 탈출하는 사람들까지 있는 지경.

"아마 이번 사건으로 중국 전역에 코델09가 번지기 시작
할 겁니다."

"중국 전역으로 말인가? 하긴, 내가 봐도 그럴 것 같네."

"그리고 전 세계로 미친 듯이 퍼지겠지요."

그래서 노형진이 형주 지역만이 아니라 중국 전역 입국자를 2주 격리하라고 한 것이다.

"중국 공산당은 도대체 뭔 생각이야? 예고하고 봉쇄하다니."

"경험이 없으니까요."

전 세계에 이런 질병에 대한 경험이 있는 나라는 없다.

그렇다 보니 민주주의를 이야기하면서 예고하고 동의를 얻는 절차를 거쳐야 한다고 다들 이야기한다.

"병신도 아니고."

김성식은 고개를 절레절레 흔들었다.

"다 무시하면서 이럴 때만 민주주의를 거론하는 놈들은……."

"일단 그 문제는 우리가 어쩔 수 없으니까 그냥 두도록 하지요. 중요한 건 중국의 공격입니다."

"하긴, 그게 문제야. 언론사와 중국에서 이 난리를 치고 있으니 말이야. 청와대에서도 곤혹스러워한다지?"

"그럴 수밖에 없지요. 중국에서는 한국이랑 전쟁도 불사한다는 수준으로 강하게 나오고 있으니까요."

"뭐, 꼴 보면 오래가지는 않을 것 같은데. 형주에서 그 난리가 났는데 다른 지역에서는 과연 제대로 방역이 이루어질지."

한 달 후 중국 전역에서는 형주에서 벌어진 일이 그대로 벌어지게 된다.

그럼 중국과 공산당은 그 문제를 해결하기 위해 매달려야 하니 당연히 한국에 신경 쓰지 못할 거다.

김성식은 그렇게 생각했다.

하지만 노형진은 그런 김성식의 말에 고개를 좌우로 흔들었다.

"아마 그렇게는 안 될 겁니다."

"뭐?"

"중국 아닙니까? 형주에서 한 일이 상식적인 판단으로 할 만한 일이던가요?"

"끄으으응, 그러면 저들은 상식적으로 판단하지 않을 거라는 건가?"

"네. 저들은 무조건 사건을 덮으려고 할 겁니다. 지금까지 그래 왔던 것처럼요."

실제로도, 회귀 전 중국은 전 세계에 팬데믹이 올 때까지도 자신들은 잘못이 없다면서 뻔뻔하게 모른 척했다.

"그러면?"

"사건을 덮기 위해 가장 흔하게 쓰는 방법이 뭔지 아시지 않습니까?"

그 말에 김성식은 눈을 찡그렸다. 대번에 무슨 말인지 알아들었으니까.

"우리를 물고 늘어질 거라 생각하나?"

"네. 현재 우리나라는 방역을 최우선하고 있습니다. 그런 상황인데 중국이 우리를 가만둘까요?"

"으음…… 역시 너무 서둘렀나?"

"아니요. 서둘러서 그런 게 아닙니다. 다만 우리가 만만한 것일 뿐."

원래 역사에서도 한국은 방역에서 상당히 늦은 편이었다.

다른 나라는 아예 중국인의 입국을 금지한 데 반해 한국은 2주간 격리를 늦게 시작했다.

전 세계적으로 본다면 대중국 봉쇄를 가장 늦게 한 나라 중 하나가 바로 한국이다.

'하지만 중국은 그러한 행동에도 게거품을 물었지.'

다른 나라, 즉 일본, 미국, 유럽 등의 행동에는 입 꾹 다물고 있다가 한국에서 중국인의 2주 격리를 발표하자 대한민국 정부를 협박하면서 당장 풀라고 난리였다.

'만만한 게 우리지, 아주 그냥.'

이유는 간단하다. 한국 정부가 만만하니까.

지랄 발광을 해도 찍소리 못 한다는 걸 아니까.

실제로 중국은 나중에 한국이 코렐09의 원흉이라면서 한국인들이 사는 집의 입구를 못질해서 막아 버리는 등 말도 안 되는 짓거리를 했다.

"그들은 시선을 돌리고 싶어 합니다. 그리고 그 대상으로 우리 한국을 이용하겠지요."

"우리가 늦게 한다고 해도 말인가?"

"네."

"이런……."

노형진의 말에 김성식은 눈을 찡그렸다.

"그러면 어떻게 해야 하나? 그렇다고 갑자기 거래를 끊거
나 할 수는 없지 않나?"

"아무 불가능할 겁니다. 현실적으로 말하면 도리어 중국
이 세력을 확장할 기회가 될 겁니다."

"뭐? 어째서?"

"중국이니까요. 전 세계가 봉쇄에 들어가고 직장이 멈추
게 되면 필수품은 어디서 생산하겠습니까?"

"중국? 하지만 중국은 코넬09가 엄청 심한 나라 아닌가?"

물론 미래에 가서는 코넬09가 종식되었다고 주장했지만
그 누구도 그 말을 믿지 않았다.

심지어 한국이나 일본, 미국, 유럽 같은 선진국 반열에 들
어간 나라들도 코넬09를 잡느라 엄청 고생했다.

그런데 중국이 코넬09 청정국?

'말도 안 되는 소리지.'

중국 정부는 계속해서 확진자와 사망자를 속여 가면서 중
국은 안전하다고 어필했지만 말이다.

"그래서 중국이 성장할 겁니다. 누가 죽든 단순 폐렴일 테
니까."

"이런……."

전 세계는 일단 국민은 살리려고 몸부림친다.

국민들에게 바가지로 욕먹고 경제가 휘청거려도, 일단 정상적인 국가라면 당연히 국민의 보호가 최우선이다.

그러다 보니 생산과 관련해서 엄청난 고생을 하게 된다.

생산업이라는 것 자체가 인력이 모여서 일해야만 가능한 것이니까.

"하지만 중국은 그런 보호의 개념이 솔직히…… 기대하기 힘들죠."

산 채로 국민을 살처분하는 나라가 바로 중국이다.

그러니 국민들이 죽든 말든 '중국은 코델09 청정국이다.' 라고 외치면서 공장으로 국민들을 밀어 넣는다.

그 과정에서 사망자가 발생해도 그냥 단순 폐렴으로 인한 사망인 거고 말이다.

물론 그게 아니라는 것쯤은 같이 일하는 사람들은 알 거다.

하지만 그걸 입에 올리는 순간 실종된다는 건 어렵지 않게 예상할 수 있다.

"중국만이 할 수 있는 일입니다. 내년부터 중국은 폭발적으로 발전할 겁니다."

말 그대로 피 위에 중국이라는 제국을 세우게 될 게 뻔하다.

"무섭군."

"그게 중국의 저력이지요. 어찌 되었건 그러한 상황에서 필요한 건 분노를 토해 낼 대상이지요."

"그게 한국이라 이거군."

"맞습니다."

한국은 이성적인 국가고 인내심도 강한 편이다. 그리고 권력자들과 경제 관련자들의 힘이 어마어마하게 강하다.

그래서 한국이 중국에 크게 저항하지 못한다는 것도 알고 있다.

"당장 뉴스에서 나라가 망한다고 하는 가장 큰 이유는 바로 경제적 조건이지요."

"으음……."

"일단은 그런 문제 때문에 중국이 한국을 적대할 건 확실합니다."

"그러면 자네 예상은 우리가 조치를 늦게 취한다고 해도 결국 바뀌는 건 없었을 거라 이거군."

김성식의 말에 노형진은 고개를 끄덕거렸다.

"누가 그랬지요, 상대방이 이유 없이 욕을 한다면 욕할 이유를 만들어 주라고."

어차피 중국이 적대적으로 나올 건 뻔하니 차라리 대한민국 국민이라도 지켜야 하는 게 현실이다.

"무슨 소리인지 알겠네. 그런데 그걸 막을 방법이 있을까?"

"있습니다, 확실하게."

"어떻게 말인가?"

"지금 우리가 가진 마스크 공장들이 무기입니다."

"마스크 공장?"

"네."

노형진은 고개를 끄덕거렸다.

"제가 마스크 공장을 사 두라고 말씀드렸지 않습니까?"

"그렇지."

"사실은 한국뿐만 아니라 중국에서도 마스크 공장을 대부분 구입해 놨습니다."

"뭐?"

그 말에 김성식은 깜짝 놀랐다.

"해당 공장을 구입한 후에 대부분의 장비들은 한국으로 다 들여온 상태입니다."

"설마……."

"물론 중국에서는 그걸 모르고 있지요."

마스크가 무슨 전략물자도 아니고, 그런 것에 신경 쓸 리가 없다.

하지만 이제는 전략물자가 되었다.

"물론 중국에 공장이 아예 없는 건 아닙니다만, 부족할 겁니다."

남은 공장은 그다지 많지 않다.

마스크 공장 자체가 비싼 곳도 아니거니와, 노형진이 두 배의 가격을 제시하자 너도나도 팔아 버렸으니까.

"우리를 공격하면, 우리 대응책은 간단합니다."

마스크의 수출을 멈추면 된다.

'미안하지만 이번만큼은 악마가 되어 주도록 하지.'

아무리 중국이라고 하지만 거기에 살고 있는 사람들에게 원한이 있는 건 아니다.

하지만 그 이후에 벌어지는 수많은 지옥의 원인이 중국이라는 걸 아는 노형진의 입장에서는 어떻게 해서든 그들의 힘을 빼야 한다는 것도 알고 있었다.

"하지만 마스크를 만드는 기계가 그렇게 만들기 힘든가?"

"아니요. 그건 아닙니다. 하지만 필터는 좀 기술이 필요하지요."

마스크는 단순히 입을 가리는 천이 아니다.

세균과 바이러스는 막되 공기는 통과시켜야 한다.

'한국 기준으로 최저 KF64 이상은 되어야 한다고 하지.'

사실 중국은 전 세계에서 가장 많은 마스크 공장이 있는 나라다.

어쩔 수가 없다. 마스크 자체가 단가가 낮은 데다가 일부 국가를 제외하고는 마스크를 좋게 보지 않으니까.

한국은 중국의 황사 때문에, 일본은 어마어마한 양의 꽃가루 때문에 마스크 공장이 제법 있다.

하지만 다른 나라들은 마스크 자체가 싼 데다가 문화적으로 적대적인 분위기라 거의 없다시피 하다.

유럽이나 미국은 마스크를 예방적 차원에서 쓴다고 생각

하는 게 아니라 아픈 사람이 쓴다고 생각하는 문화다.

물론 과거에 흔히 쓰던 단순 천으로 된 마스크들에 한해서는 그게 사실이다.

하지만 KF64 정도 되면 그래도 최소한의 예방은 이루어진다.

"이미 관련 필터 공장들은 제가 싹 쓸어 왔습니다. 재료도 어마어마하게 확보해 놨고요. 장비도 일부를 제외하고는 모조리 한국으로 들여왔지요."

충분한 재고가 쌓여 있고 또 모든 공장을 다 들여온 게 아닌지라 중국 정부에서는 딱히 이상한 점을 느끼지는 못했을 것이다.

"하지만 이제 난리가 날 겁니다."

코델09라는 지옥이 열렸고 그 유일한 방어책이 사라졌다는 걸 알게 될 테니까.

"우리를 공격하는 순간, 우리는 그걸로 그들의 목줄을 틀어쥐면 됩니다."

⚖

중국 공산당에서는 심각한 회의가 계속되고 있었다.

그리고 가장 상석에 있는 샹량펑은 심각하다 못해 굳은 얼굴로 보고를 듣고 있었다.

"벌써 사망자가 5만 명을 넘었습니다."

형주의 실제 사망자 보고서는 극비로 취급되고 있다.

해외에는 사망자가 천 명 이하라고 하면서 딱 잡아떼고 있지만, 현실은 형주는 봉쇄 이후에 말 그대로 사람을 태워서 지옥이 열리는 그런 공간이었다.

"형주에 보낸 소각 시설은 잘 작동하고 있습니까?"

샹량핑의 질문에 당원 중 한 명이 고개를 끄덕거렸다.

"풀로 가동하고 있습니다만, 그럼에도 불구하고 계속 나오는 시신을 처리하기에는 어렵습니다."

형주에 있는 화장장은 하루에 수천 명을 처리할 수 있지만 그 처리 한도를 이미 훨씬 전에 넘어섰다.

중국 정부는 다급하게 이동형 소각로를 만들어서 보내서 시신을 태우고 있지만 그럼에도 불구하고 시신이 쌓여 가는 것은 막을 방법이 없었다.

"절대로 주변에 그런 모습을 보여서는 안 됩니다."

"알겠습니다. 다만 형주에서 발생하는 스모그가 문제입니다."

"스모그?"

"네. 그것 때문에 외부에서 의심의 눈초리를 보내고 있습니다."

"그게 왜요?"

"스모그 안에 이산화황의 성분이 높아서……."

형주는 봉쇄 상태고 모든 공장이 멈췄다. 당연히 공기가 맑아져야 정상이다.

하지만 황당하게도 모든 공장이 멈췄는데도 형주는 스모그로 꽉 차 있다.

"그게 뭐?"

"보통 이산화황은…… 시신을 태울 때 발생합니다."

"끄으응……."

얼마나 많은 시신을 태우기에 이산화황이 그렇게 발생하는지에 대한 설명은 중국 정부나 공산당도 할 수가 없었다.

하지만 그렇다고 해서 소각을 멈출 수도 없었다.

모든 시신을 소각하지 않으면 계속해서 질병이 퍼질 테니까.

"그리고 한국도 문제입니다."

"한국? 가오리빵즈 놈들이 왜?"

"가장 먼저 격리 조치를 하지 않았습니까?"

봉쇄도 아니고 격리 조치다. 아예 들어오지 말라는 게 아니라, 들어오면 2주간 격리하라는 거다.

"그런데 그걸 보고 위험성을 느낀 다른 나라들이 대중국 봉쇄를 시작했습니다."

"이런 빵즈 놈들……."

그들은 분노에 이를 박박 갈았다.

속국 주제에 격리 조치를 해 버리는 바람에 분위기가 아주 안 좋아졌기 때문이다.

사실 한국 입장에서는 어쩔 수 없다는 걸 이들은 인정하지 않았다.

한국은 어마어마한 숫자의 중국인들이 사는 나라고 동시에 중국과 가장 가까이 있는 나라다.

그러다 보니 스스로를 지키기 위해 뭔가를 해야 했던 건 사실이다.

하지만 중국 입장에서는 노예가 반기를 들었다고 생각하는 상황이었고 그걸 그냥 둘 수는 없었다.

"일단 강력하게 항의하기는 했지만 2주 격리를 풀어 줄 생각은 없어 보입니다."

"흠……."

그 말에 좌중에는 침묵이 한참 흘렀다.

그러다가 누군가 볼멘소리로 말했다.

"빵즈 놈들, 한번 손봐 줘야 하지 않습니까?"

"그거야 그런데……."

"지난번에도 우리를 이용해 먹고 말입니다."

위협 좀 해 볼까 하고 러시아와 핵 투발이 가능한 전폭기를 보내자고 입을 맞추고 그걸로 한국 정부를 위협했다.

실제로 러시아가 일본에 그렇게 할 때마다 일본은 기겁하면서 벌벌 떨며 입을 꾸욱 다물기에 제법 쓸 만한 전략이라 여겼다.

"그런데 그놈들이 도리어 그걸 이용할 줄은……."

그 당시에 한국은 핵 투발 전폭기가 왔음에도 불구하고 주한 미군이 출격도 방어도 안 했다는 점을 이용해 주한 미군 철수를 요구하면서 핵무장을 하겠다고 난리 법석을 떨었다.

그러자 그걸 본 일본도 덩달아 자기들도 핵무장을 하겠다고 설레발을 쳐 댔다.

그 결과, 미국은 그런 한국을 달래기 위해 주둔비를 삭감하는 극단적인 선택을 해야 했을 뿐만 아니라 핵 잠수함과 핵 항모의 제작까지 허락했다.

최악은 미국이 결국 한국에 F-22랩터를 증편했다는 거다.

원래 한국에는 F-22랩터가 네 대 있었다.

하지만 그것도 무시할 수 없는 숫자인 게, 훈련 상황이라 해도 랩터와 일반기의 격추 비율은 1 : 144 정도 된다.

이는 미국의 전투기들을 기준으로 만들어진 것이며, 훈련 중 격추로 체크된 1의 숫자도 일반 전투기가 아니라 미국에서 심혈을 기울여서 만들어 낸 전자전기로 가능한 기록이었다.

미국의 전투기들조차도 그 지경이니, 중국의 전투기들은 아예 보지도 못하고 추락할 판국이다.

그런 F-22랩터가 이미 네 대나 있었는데, 중국과 러시아가 그 난리를 피우자 미국은 무려 열두 대로 증편한 것이다.

그 정도면 사실상 그들만으로 중국의 공군력은 무력화되고도 남을 정도다.

"더군다나 내부 정보에 따르면 한국도 나름대로 전투기를 만들려고 노력 중이라고 합니다."

"그들이 전투기를 만들려고 하는 거야 다 아는 상황이지 않소?"

"그렇습니다만, 이번에 나온 정보에 따르면 스텔스 형태라고 합니다."

"스텔스 형태라……."

물론 스텔스 형태라고 해서 확실하게 스텔스 전투기라고 볼 수는 없다. 하지만 그렇다고 해도 무시할 수는 없다.

"큰일이군."

중국이 스펙을 뻥 스펙으로 온갖 뻥을 다 치는 것에 반해 한국은 스펙을 깔끔하게 발표한다.

즉, 한국에서 형태만 스텔스기로 만들 이유가 없다는 거다.

스텔스기는 무장량 자체가 워낙 적어서, 스텔스 모양만 잡을 거라면 차라리 기존 형태대로 외부 무장을 하는 게 유리하다.

기존 무장과 스텔스 무장의 양은 두 배 이상 차이가 나니까.

"J20의 배치는 어떻소?"

"이제야 실전 배치 중이라……."

회귀 전에는 중국의 스텔스 전투기인 J20이 2010년경에 실전 배치되었다.

하지만 회귀 후에는 노형진이 미국에 있는 중국의 스파이 조직을 박멸하면서 역사가 좀 많이 바뀌었다.

그래서 개발이 늦어지면서 J20은 2018년부터 간신히 배치되기 시작해, 그 숫자는 그다지 많지 않았다.

스텔스기 자체가 워낙 가격이 높기 때문이다.

"걱정하지 마십시오, 동지. 우리 J20이라면 충분히 미국의 F-22랩터를 꺾을 수 있을 겁니다."

누군가의 말에 샹량핑의 얼굴에 짜증이 피어올랐다.

"내가 희망적인 말을 들으려고 이 회의를 하고 있는 것 같소?"

샹량핑의 서슬 퍼런 말에 다들 입을 꾹 다물었다.

사실 전 세계에 온갖 뻥을 치고 겁을 주고 있지만 다들 알고 있다.

아무리 J20의 성능을 높게 평가해도 미국의 F-22랩터는커녕 최근 미국이 판매하고 있는 F-35보다 떨어진다는 걸 말이다.

"어찌 되었건 한국에 손을 쓰기는 해야 합니다."

한국은 명백하게 반중국 정서를 가지고 있다.

원래도 사이가 안 좋았지만 미래를 아는 노형진이 중국과 거리를 두는 형태를 계속 조언해 왔기 때문이다.

"마침 우리도 시선을 돌려야 하는 상황이니까요."

수백만 명이 죽어 나가는 코델09. 사람들의 시선을 돌려서 그걸 어떻게든 무마해야 하는 중국 입장에서는 확실하게 시선을 돌릴 방법이 필요했다.

"그러면?"

"한국이 중국에 바이러스를 풀었다고 하는 겁니다."

"뭐? 그게 무슨 말인가?"

"어차피 이 바이러스가 어디서 왔는지는 알 수 없지 않습니까?"

실제로 바이러스의 출처가 어디인지 추적하는 것은 불가능하다.

일부에서는 중국이 군사용으로 만든 바이러스라는 소문이 있지만, 그에 관해서는 절대 아니라고 중국은 주장하고 있었다.

"역으로 우리가 그들을 공격하는 겁니다."

"그러면?"

"그리고 군사적 긴장감을 높이는 거지요."

"군사적 긴장감을?"

"그렇습니다. 그러면 어떻게 되겠습니까?"

"형주의 상황 같은 건 중요한 게 아니게 되겠군."

샹량핑은 고개를 끄덕거렸다.

"당장 관련 소문을 내도록."

그렇게 역사는 노형진이 아는 것과 다른 방향으로 흐르기 시작했다.

"헐?"

자고 일어났더니 황당한 사건이 터졌다.

중국에서 갑자기 이 형주코델바이러스가 한국에서 탄생했다는 헛소리를 하기 시작한 것이다.

그러면서 자기들 마음대로 '서울코델바이러스'라는 이름으로 부르기까지 했다.

심지어 갑자기 인터넷에서 서울코델바이러스라고 주장하는 사람들이 늘어났는데, 그들이 누구인지 추측하는 건 어려운 일이 아니었다. 아마도 중국에서 운영하는 댓글 조작단일 것이다.

"이게 뭐……."

생각지도 못한 상황에 노형진은 머리가 아파 왔다.

"아니…… 뭐, 이해가 가기는 하는데……."

사실 이런 일이 아예 없었던 것은 아니다.

원래 역사에서도 중국은 코델09가 한국에서 나왔다고 주장했다가 제대로 안 먹히자 미국에서 풀었다는 소문을 낸 적이 있다.

그러다 한국도, 미국도 제대로 안 먹히자 나중에는 동남아 국가에서 왔다는 소문을 내기도 했다.

노형진은 그 모든 것이 어떻게 해서든 자신들의 책임에서 벗어나기 위한 중국의 몸부림임을 알고 있었다.

"하지만 생각보다 빠른데?"

노형진은 그들의 행동에 눈을 찡그렸다.

원래는 코델09가 전 세계를 강타하고 전 세계에서 중국에 대한 증오가 심해지는 상황에서 자신들의 피해를 줄이기 위해 하던 소리였으니까.

하지만 지금은 전 세계적인 코델09의 유행의 극초반. 그런데 갑자기 한국을 물고 늘어진다?

"우리한테 뒤집어씌우겠다 이건가?"

중국이 철저하게 내부 상황을 감추는 것과 내부 상황을 모르는 것은 전혀 다른 문제다.

도리어 강력한 통제 국가인 중국이기에 누구보다 국내의 상황을 잘 알고 있을 가능성이 크다.

"흠……."

노형진은 침대에 걸터앉아서 심각한 얼굴로 한참을 고민했다.

"결국 책임 소재를 분산시키겠다 이거군."

중국 내부의 상황을 잘 아는 중국 공산당 입장에서는 이게 막을 수 있는 상황이 아니라는 확신이 들었을 테고, 그 책임을 나눌 방법을 찾고 있을 가능성이 크다.

"그리고 동시에 시선도 돌릴 수 있을 테고."

역병이 돌고 그걸 통제 못하면 국민들의 불만이 늘어나는 것은 당연한 일이다.

더군다나 그와 관련된 정보가 해외로 나가고 있다면 더더욱 문제가 된다.

"아무래도 확실하게 감추는 데에는 한계가 있겠지."

원래 역사에서는 중국 정부가 형주를 봉쇄하고 철저하게 모든 걸 은닉했지만, 이미 노형진이 내부에 스파이를 심어 둔 상태여서 관련 정보를 감출 수가 없었다.

물론 그걸 전 세계에 알리고 있음에도 다른 나라에서 믿어 주지 않는 게 문제이지만 말이다.

"그렇게 나온다 이거지?"

도리어 한국을 물고 늘어지며 한국의 중국에 대한 공격이라고 거품을 물고 크게 반발하는 중국.

띠리링.

그 순간 울리는 노형진의 집의 인터폰.

화면을 확인해 보니 검은 양복에 선글라스를 쓴 세 사람이 서 있는 게 보였다.

"누구십니까……라고 물어보기에는 아는 얼굴이군요."

─각하께서 기다리고 계십니다. 연락이 안 되어서 저희가 왔습니다.

노형진은 그 말에 핸드폰을 확인했다.

배터리가 다 되어 있던 핸드폰을 켜자 수십 통의 전화가 와 있었다.

"미안합니다. 배터리가 없었네요. 바로 내려가지요."

하긴, 비상 상황인 만큼 당연히 회의가 시작되었을 거다.

노형진은 회사에 오늘 출근하지 못할 거라고 간단하게 연락하고 바로 청와대로 들어갔다.

이미 청와대에서는 성토가 이루어지고 있었다.

"중국이 우리한테 뒤집어씌우려고 하는 겁니다."

"맞습니다. 지금 상황에서 그냥 맞아 주면 안 됩니다."

평소에서는 이런저런 이유로 서로 싸워 대는 자문 위원들이지만 오늘은 대부분이 하나가 되어 분노하고 있었다.

극히 일부 친중파 자문 위원들만 어떻게 해서든 변명 아닌 변명을 해 주고 있을 뿐이었다.

"오해가 있을 겁니다."

"맞습니다. 중국도 아직 질병의 근원지를 확인하지 못했으니 오해해서……."

"오해는 무슨 오해!"

"맞습니다. 우리를 엮어서 이미지를 나락으로 떨어트리려고 하는 겁니다."

아직 코뎰09가 어디서 시작되었는지는 확실하지 않다.

하지만 중국에서 창궐하고 있다는 것은 확실하다.

그러니 시작점을 다른 나라, 정확하게는 가장 만만한 한국에 뒤집어씌우고 싶어 하는 것은 어찌 보면 중국으로서는 당연한 선택이었다.

"노 자문 위원, 그래서 자네는 어떻게 생각하나?"

아직 자리에 앉지도 않았는데 성급하게 입을 여는 박기훈 대통령.

하긴, 머리 아픈 상황이기는 할 거다.

"뭐, 대충 이야기가 나온 것 같습니다만? 제 의견도 똑같습니다. 중국은 이 문제가 쉽게 해결되지 않을 거라는 걸 알고 두 가지 목적으로 우리한테 뒤집어씌우는 겁니다."

"시선 돌리기와 사회적 책임 말이지?"

"그렇습니다."

시선을 돌린다는 건 지금 중국의 꼴을 보면 쉽게 알 수 있다.

그리고 사회적 책임. 그건 아주 심각한 문제다.

"아시겠지만 지금 전 세계에서 코뎰09로 의심되는 확진자가 갑자기 늘어나고 있습니다."

"아이러니한 일이군. 우리나라에서는 아직 확진자가 발생하지 않았는데.”

  ‘원래는 발생했었지요.’

  하지만 이번에는 아니었다.

  원래 역사에서는 중국에서 온 관광객이 확진받으면서 대한민국 첫 번째 코델09 확진자가 되었다.

  하지만 노형진이 선제 방역을 주장하고 2주간의 격리를 의무화하면서 여행을 포기한 건지 그녀는 오지 않았고, 다행히 한국에는 아직 확진자가 발생하지 않았다.

  “아직은 말이지요.”

  “‘아직은’이라……. 하긴, 그것도 그렇군.”

  박기훈은 그 말에 긴 한숨을 내쉬었다.

  “전 세계의 모든 사람들을 다 막을 수는 없으니까.”

  특히 무역으로 살아가는 대한민국 같은 나라는 그런 짓을 할 수 없다.

  “한국에서 확진자가 발생할 것은 기정사실입니다.”

  원래 역사에서도 한국이 중국의 입국을 적극적으로 막지 않은 이유가 바로 그것이다.

  아무리 노력해도 전 세계로 퍼진 질병을 막을 수는 없다.

  물론 조금 늦출 수는 있겠지만, 중국과의 적대적 관계까지 감수하면서 하기에는 이익이 작으니까.

  ‘하지만 이제는 아니지.’

  회귀 전에 비하면 한국에 대한 중국의 영향력은 그리 강하지 않았다.

애초에 노형진이 인도를 키워서 대항하려고 했기에 이미 적지 않은 기업들이 중국이 아닌 인도로 가 있었고, 그 결과 회귀 전에 비하면 중국의 영향력이 상당히 약해져 있었다.

"어찌 되었건 중국은 우리를 걸고넘어지는 형태를 통해 사회적인 책임을 최소화하려고 할 겁니다."

한국은 미국의 가장 강력한 우방국이자 동시에 문화적으로 본다면 중국에 가장 위험한 대상이다.

일본이 몰락하는 태양이라면 한국은 뜨는 태양. 당연히 어떻게 해서든 이미지를 추락시키고 싶을 것이다.

'회귀 전에는 워낙 그 작업을 늦게 해서 소용이 없었지만.'

하지만 지금은 사건의 극초반. 얼마든지 가능하다 생각할 거다.

"그 건에 대해서는 더욱 강력하게 항의해야 합니다."

"하지만 항의 정도로 끝나겠나?"

그게 문제다.

물론 항의야 당연한 거다. 문제는 중국이 타국의 항의를 순순히 받아 줄 나라가 아니라는 거다.

"아마 더더욱 따지고 들겠지요. 그들 입장에서는 한국이 중국을 버릴 수 있을 거라고는 생각 못 할 테니까요."

"그러니까 말일세."

"그러니 이참에 중국에서 한국 기업들을 **빼내 오는** 걸 결정하셔야 합니다."

"뭐? 잠깐, 갑자기 그게 무슨 말인가? 아니, 뜬금없이?"

"뜬금없는 게 아닙니다. 지금을 놓치면 한국은 더더욱 중국에 예속됩니다."

노형진은 김성식에게 한 설명을 그대로 해 줬다.

어떤 식으로 시장이 중국으로 넘어가는지, 그리고 어떤 식으로 중국이 세력을 늘리는지.

질병이라는 부분에 한정해서 생각하느라고 다른 것에는 신경 쓰지 못하고 있던 박기훈과 자문 위원들의 표정은 심각하게 변했다.

"다들 어떻게 생각하시오?"

"충분히 가능합니다. 다른 나라에서 봉쇄를 실행하면 그걸 보충해 줄 수 있는 건 중국뿐입니다."

아이러니하게도 그 덕분에 중국은 코렐09 시국에 어마어마한 경제성장을 이룩해 내게 된다.

물론 그 안에 온갖 속임수가 벌어지지만, 그들의 경제적 성장 자체는 부정할 수 없는 사실이다.

"그러니 지금 공장을 옮기고 안전을 확보해야 합니다."

"하지만 어디로?"

"인도로 가시면 됩니다. 이미 거기에는 산업 단지가 있으니까요."

"마이스터에서 만든 그곳 말인가?"

"그렇습니다."

인도는 중국만큼이나 인구도 많고 인건비는 훨씬 싼 곳이다.

"하지만 인도는……."

다들 떨떠름하게 고민하는 표정이 되었다.

사실 그럴 수밖에 없다.

인도는 분명 중국보다 훨씬 인건비가 싸고 사람을 구하기 쉽다. 하지만…….

"정작 뭔가를 하기에는 너무, 크흠…… 무식……합니다."

누군가 고민하다가 결국 입을 열었다.

누군가는 해야 하는 말이니까.

"사실 인도가 가능성이 있다는 말은 벌써 수십 년 전부터 나오고 있었습니다. 이제 중국의 인건비가 싼 것도 아니고요."

사실 중국의 인건비는 주요 동남아 국가를 넘어선 지 오래고, 중국 정부의 강력한 정책으로 인해 대부분의 수익은 중국에 빼앗기고 있다.

실제로 중국에 들어갔다가 공장이고 기업이고 다 빼앗기고 쫓겨난 사람들이 한두 명이 아니다.

해외 기업에서 중국에 기업을 세우려면 무조건 중국인을 파트너로 정해서 들어가야 하는데, 어느 정도 자리 잡으면 소송을 통해 파트너십을 해소하고 공장을 꿀꺽 삼켜 버리는 게 중국의 흔한 일상이었다.

그걸 막을 수가 없는 게, 중국의 재판부는 그런 경우 철저하게 중국인 편이기 때문이다.

"압니다."

최소한 초등학교는 나오는 중국과 다르게 인도는 초등학교는커녕 글도 읽지 못하는 사람들이 많고, 심지어 아예 출생신고 자체가 안 되어 있는 사람들도 어마어마하다.

그리고 인도의 가장 큰 문제는 바로 카스트제도다.

극단적인 신분제로 인해 성장이 극단적으로 제한된 나라가 바로 인도다.

특히 불가촉천민이라고 알려진 존재뿐만 아니라 널리 알려지지 않았지만 '불가시천민'이라고 불리는 사람들도 있다.

접촉하는 걸 넘어서 보는 것만으로도 재수가 없다고 취급받는 거다.

"물론 알고 있습니다."

그래서 중국과 비등한 인구와 땅을 가진 인도라 해도 미래의 가치에서 본다면 중국에 비하지 못할 거라고 다들 이야기한다.

'하지만 그건 어디까지나 현 상황을 기준으로 하는 거지.'

"하지만 인도의 일부 지역은 그런 상황이 아닙니다."

"일부 지역?"

"정확하게는 마이스터에서 만든 인도 공장 지역 말입니다."

인도에 공장을 들이려던 노형진의 계획은 아주 오래되었고, 실제로 회귀 전에 비해 인도의 공장은 어마어마하게 늘어나 있었다.

"그 지역에서는 다른 곳과 다르게 낮은 수준으로 인한 문제가 발생하지 않습니다."

"어째서 말인가?"

"그 지역에 가장 먼저 만들어진 게 바로 학교니까요."

국민들이 무식해서 공장이 제대로 안 돌아간다? 그러면 가르치면 되는 거다.

물론 노동자를 돈을 들여서 키우는 건 기업의 책임이 아니다. 당연히 있는 사람만 쓰려고 하는 게 기업이다.

"하지만 그 지역은 오래전부터 마이스터와 미다스가 집중적으로 키워 왔습니다."

지역에 학교와 시스템을 만들어 모든 사람들을 등록시켰다.

그리고 그곳에서 일하기 위해서는 최소 지역에서 1년 이상 교육을 받아야 한다는 조건까지 내걸었다.

"물론 고작 1년의 교육으로 갑자기 사람이 천재가 되지는 않습니다만, 최소한 업무 지시 정도는 알아들을 수 있지요."

이미 그런 학교가 해당 지역에는 어마어마하게 많다.

더군다나 그 학교들은 진짜 사람들이 생각하는 초등학교나 중학교 같은 게 아니다.

물론 최소한의 문자를 알려 주긴 하지만 사실 공장에서 어떻게 일할 것인가를 알려 주는 직업학교에 더 가깝다.

"더군다나 그곳에 적지 않은 집이 있으니까요."

"집?"

"네. 뭐, 한국에 있는 집을 생각하시면 안 됩니다."

전기도 안 들어오는 판자촌 수준이고, 담벼락은 흙으로 만들고 지붕은 함석으로 막았다.

창문도 없는 그런 집들이다.

"불가촉천민이나 불가시천민들이 사는 그런 곳입니다."

"아니, 그런데 왜 그런 집을……."

심지어 화장실도 마을 공동으로 쓸 정도의 공간.

"물론 거기는 입주 구역입니다."

"입주 구역?"

"보시겠습니까?"

노형진은 미리 준비한 사진을 꺼내서 그들에게 내밀었다.

"여기가 처음이지요."

해당 지역에 들어온 사람은 가장 먼저 저 입주 구역에 들어간다. 그리고 1년간 교육을 받게 된다.

"그곳에서의 교육이 끝나면 생활 거주 구역으로 넘어갑니다."

그 생활 거주 구역은 입주 구역보다 훨씬 생활환경이 나았다.

한국으로 치면 스티로폼이 단열용으로 들어간 조립식 건물이다.

"그리고 거기에서부터 노동자로서 일할 자격이 부여됩니다."

"신분 차이 때문에 그런 건가?"

"그게 아닙니다. 도리어 신분 차이로 인한 절박함을 이용하는 거죠."

"절박함이라⋯⋯."

"네. 사실 이 지역의 노동자들은 대부분 불가촉천민 또는 불가시천민 출신입니다. 아마 장기적으로도 그렇게 될 가능성이 큽니다. 그만큼 인도에서 그들이 할 수 있는 일이 없으니까요."

인도에서 미래가 없는 사람들. 그들은 진짜 허름한 움막에서 고통받는 삶을 살아간다.

입주 구역의 허름한 집. 그건 한국인 입장에서는 어이가 없을 정도로 낙후되어 있지만 인도의 천민들 입장에서는 어떤 면에서는 자신들이 살던 집보다 나은 집이다.

"누구도 자식에게 그런 삶을 물려주고 싶어 하지는 않지요."

"설마⋯⋯."

"맞습니다. 이미 이 지역에는 어마어마한 인구가 있습니다."

인도 전역에 있는 수많은 천민들을 데려다가 그렇게 정착시키고 교육시켜 놨다.

그리고 그들은 자식들을 위해 많은 노력을 하고 있다.

"그리고 그곳은 의무교육이 활성화되어 있지요."

"10년이 넘게 하지 않았나?"

"네. 실제로 그곳 출신으로 박사 과정을 밟고 있는 사람도 많습니다."

사람이 많으면 천재도 많은 법이다. 과감한 월반 제도를 통해 수많은 천재들을 찾아냈고, 미래가 없는 그들은 마이스터의 인재 투자 프로그램의 지원을 받아서 적지 않은 수가 학업을 마치고 그 이상으로 넘어갈 수 있었다.

"그곳 출신 의사도 있고요."

"그러면……."

"네, 노동의 질은 전혀 문제가 없지요."

다들 교육받은 사람들이고 10년이 넘게 운영된 만큼 자연스럽게 노동자들의 질은 아주 좋았다.

"그리고 그 사람들은 다른 곳으로 떠날 수도 없습니다."

"그렇겠지."

그 지역에서는 제대로 공부한 노동자이고 또 학생이겠지만, 그 지역을 벗어나는 순간 그들은 혈통에 따라 천민이 될 뿐이다.

아무리 공부를 잘하고 아무리 천재라고 해도, 인도에서 천민이 할 수 있는 일은 없다.

"지금 그곳은 빠르게 성장하고 있습니다. 인도 전역에서 사람들이 모여들고 있지요. 한국에 알려지지 않았을 뿐, 사실 전 세계에서 그곳으로 많은 공장들이 이전하고 있는 상황이고요."

어찌 보면 인도 내부에 있는 별도의 자치구 같은 느낌이지만 그렇다고 해서 독립하려는 것은 아니니까 문제는 없었다.

"결정적으로 이곳은 이런 식으로 운영되기 때문에 코넬09

로부터 상대적으로 안전합니다."

"아, 그렇지. 인도에서도 코델09가 터지겠군."

인도는 아무리 좋게 표현해도 절대 깨끗하다고 말할 수는 없는 나라니까.

인도는 원래 역사에서도 코델09를 막는 데 실패했었다.

"하지만 여기는 그렇게 쉽게 안으로 들어가지 못합니다."

해당 공장 구역은 폐쇄되어 있고, 유일한 방법이 입주 구역을 거쳐서 교육 이후에 들어가는 것이다.

당연히 사람의 왕래를 통제하기 쉽다.

"내부 사람이 밖으로 나오는 건 못 막을 텐데?"

"나오겠습니까? 아까도 말씀드렸습니다만, 그들은 천민 중에서도 천민 취급을 받습니다."

그 지역에서는 깨끗한 옷을 입고 맛있는 식사를 할 수 있지만 외부로 나가는 순간 그들은 천민이 되어서 허름하고 찢어진 옷을 입어야 하고, 쓰레기통을 뒤져서 배를 채워야 한다.

이미 한번 깨끗한 삶을 경험한 사람들이 과연 다시 과거로 돌아갈까?

"외부에서 그들과 면회하는 건 어떤가?"

"솔직히 말하면 외부 면회자도 많지는 않을 겁니다."

"응? 어째서 말인가?"

박기훈 대통령은 고개를 갸웃했다.

신분제는 알지만 면회까지 안 된다는 건 무리 같았으니까.

"그들의 신분제 아래에 깔려 있는 이념 때문입니다."

"이념?"

"인도의 신분제는 단순히 한국의 사농공상을 따지는 신분제나 아니면 유럽처럼 귀족계급을 따지는 신분제와는 다릅니다."

한국의 사농공상은 처음에는 직업을 분류하는 방식이었으나 신분제가 되었다. 그에 반해 유럽은 혈통에 따라 귀족의 계급을 나누는 게 기본 개념이다.

"하지만 인도는 그 안에 종교적 구원이 들어 있습니다."

"이해가 안 가는데?"

"쉽게 말해서 인도에서 상위 계급은 전생에서 그만큼 뭔가를 이루어 냈기 때문에 지금 그 계급이 되었다는 겁니다."

"뭐? 그러면 하위 계급은?"

"전생에 나쁜 짓을 저질렀다고 생각하는 거죠."

그렇다 보니 그들은 종교적으로 현재 상황에서 벗어나는 행동에 대해 상당히 부정적으로 본다.

비유하자면 하늘의 벌에서 벗어나기 위해서 속임수를 쓴다는 느낌이다.

"물론 공식적으로 헌법상 신분제가 사라졌지만 그건 말 그대로 공식적인 것일 뿐이고요."

"그런가? 하지만 노동자들은 대부분 하층민이라면서?"

"그래서 외부에서 면회가 거의 없을 거라는 겁니다. 그들은 기본적으로 하늘에 저항한 죄인입니다."

"아!"

하늘이 내린 천민이라는 신분에서 벗어나기 위해서 저항한다? 종교적 입장에서 그건 죄악이다.

"하층민은 노동자를 지원할 수 있습니다. 하지만 그 하늘의 벌이라는 걸 믿는 사람들은 절대 안 옵니다."

그들에게 공장 노동자들은 벌을 피해 도망간 이단이다.

"하늘의 벌을 믿지 않는 사람들은 이주할 테고, 믿는 사람들은 계속 남아서 욕하겠지요."

"외부에 남은 사람들과는 서로 왕래할 일이 거의 없다 이거군."

"맞습니다."

혹시나 왕래했다가 자신들이 또 벌을 받을까 두려워하기 때문이다.

"말이 공장 지대지 사실상 거의 자치구나 마찬가지로 운영될 겁니다. 물론 코델09에 대비해서 여러 가지 방역 조치를 취해야 하겠지만요."

"으음…… 그곳으로 한국 공장을 옮기자?"

"그렇습니다. 지금이 기회니까요."

"어째서 말인가?"

"중국에는 심각한 질병이 돌고 있습니다. 장기적으로 보면 그 질병이 하루 이틀 사이에 사라지지는 않을 겁니다."

당장 형주만 해도 공장이 다 멈춰서 기업들이 발을 동동 구르고 있는 상황이었다.

"어차피 최소 몇 달은 놀아야 하는 상황입니다. 그로 인한 손실을 생각하면 그 기간 동안 이전하는 게 장기적으로는 이득이라는 거죠."

"아! 그렇군."

만일 일반적인 상황이라고 하면 이전하는 몇 달 동안은 수익이 안 나서 심각한 손해를 입을 수밖에 없다.

하지만 중국이 통째로 멈췄고, 피해는 이미 확정적이다.

"그사이에 옮긴다면 어떻겠습니까?"

"장기적으로는 어마어마한 수익이 생기겠군."

"맞습니다."

중국의 인건비에 비해 인도의 인건비는 4분의 1 이하다. 중국이 발전하면서 적지 않게 인건비가 올랐기 때문이다.

"아마 중국은 한국에서 본격적으로 중국 이탈을 할 거라고는 생각도 못 할 겁니다."

사실 국제 관계는 모두 기브 앤드 테이크다.

한국에서 중국에 기업을 세우고 일을 시키면 낮은 인건비로 수익을 낼 수도 있지만, 동시에 중국에서도 인건비로 돈을 받아서 그걸 중국 내부에서 쓰게 된다.

즉 회사를 뺀다는 건 그들의 실직을 의미하고, 안 그래도 코넬09로 인해 생존이 불투명한 중국의 인민들에게는 생존의 공포 문제가 생기게 된다.

"하지만 중국에 있는 공장들을 옮기려고 할지……."

누군가 걱정스럽게 말했다.

"그건 시도해 봐야지요."

이전비가 싼 것도 아니고, 이미 자리 잡은 곳에서 굳이 나오려고 하지 않을 수도 있다.

"우리가 권해 주거나 소개해 줄 수는 있지만 강제할 수는 없습니다."

노형진은 그 말에 고개를 끄덕거렸다.

그건 이미 알고 있는 사실이니까.

여기는 대한민국이고, 자신이 선택할 수 있는 나라다.

"하지만 살짝 자극을 줄 수는 있겠지요."

"자극?"

"네. 동종 업계에서 선착순으로 세 개 기업만 받을 겁니다."

"동종 업계에서 말인가? 왜?"

"현실적인 문제 때문이지요."

아무리 노형진이 돈이 많고 인도가 물가가 싼 나라라고 해도, 어마어마한 땅을 구입하고 공장을 차리는 건 절대 쉬운 일이 아니다.

그리고 한국에는 아직 소문이 안 나서 그렇지 해외에서 들어온 공장들도 적지 않다.

만일 지금까지 그 땅이 전부 텅텅 비어 있었다면 노형진이라고 해도 망했을 것이다.

"마이스터에서는 그런 사람들에게 공장과 땅을 팔아서 수익을 남겼습니다."

학교를 세워서 손해 본 게 아니다.

학교를 세워서 양질의 노동력을 확보해 준 후, 깔끔하게 정리된 공장을 비싸게 팔아서 돈을 벌었다.

"그런데 문제는, 그 지역은 유한하다는 거죠."

물론 계속 비슷한 방식의 확장을 통해 산업 지대를 만들려고 하고 있지만 현실적으로 국가가 아닌 기업이 뭔가를 하는 데에는 분명 한계가 있다.

설사 인도에서 도와준다고 해도 말이다.

"그리고 사실 인도 정부는 그다지 도움도 안 되고요."

돈이 되고 노동인구가 늘어서 좋은 건 사실이지만 그 지역은 기본적으로 인도에서 천시하는 사람들이 몰려드는 형태가 되고, 인도의 브라만 계급 등 지배자 계급은 그걸 그다지 반가워하지 않았다.

"그런 의미에서 한 업종당 세 곳씩만 받아들일 겁니다."

"음…… 그런데 그게 자극이 된다고?"

"아까 말씀드렸지 않습니까? 인도의 임금은 중국의 4분의 1입니다."

"아!"

그 말은 물건의 단가를 낮춰서 판매하는 게 가능하다는 거다.

그리고 단가가 낮아지면 당연히 사람들은 그곳으로 몰려들게 된다.

"먼저 간 사람이 시장을 집어삼키게 될 가능성이 아주 크지요."

누군가 가야 한다고 하면 다들 눈치를 보면서 가지 않으려고 할 것이다.

하지만 누군가 먼저 간 사람이 이익을 독점한다고 하면?

"마음이 급해질 수밖에 없지요."

사업이란 그런 거다.

누군가가 단가를 낮추는 데 성공해 그걸 기반으로 가격을 낮춰서 시장을 집어삼키기 시작하면 다른 기업들은 눈물을 흘리면서 죽을 날만 기다리는 꼴이 된다.

"그리고 그 말이 돌기 시작하면 다들 다급해지겠지요."

누군가는 그곳으로 간다, 그리고 늦게 가면 자신은 망한다.

"이탈이 가속화되겠군."

박기훈은 혀를 내둘렀다.

국가에서 강제하는 게 아니다. 이전 허가를 도와줄 뿐이다.

"중국은 아마 똥줄이 타기 시작할 겁니다, 후후후."

"그러면 그건 자네가 할 수 있는 건가?"

"뭐, 어렵지 않지요."

노형진은 고개를 끄덕거렸다.

얼마 후 노형진은 인도에 있는 공장 지대에 대한 홍보를 적극적으로 시작했다.

물론 그 이전에도 인도 공장 지역에 대한 홍보는 이루어졌다. 그 덕에 중국의 힘이 회귀 전보다는 약했다.

하지만 적극적으로 홍보하진 않았다.

그냥 홍보 팸플릿을 보내는 수준이었다.

하지만 이번에는 전혀 달랐다.

"중국에 있는 우리 공장을 모두 인도로 빼자고?"

"그렇습니다."

"하지만 손실이 적지 않을 텐데?"

이사 비용 등 여러 가지 비용을 생각하면 인도로 빠지는 비용은 절대 작은 게 아니다.

"하지만 매년 어마어마한 인건비를 절감할 수 있을 겁니다. 공장의 규모를 생각하면 2년 이내에 모든 비용을 탕감할 수 있을 겁니다."

"하긴, 그건 그런데……."

유민택은 곤란한 표정이었다.

"이제 슬슬 나도 은퇴를 생각해야 하는 나이일세. 그런데 이런 큰일은……."

"그래서 마지막으로 하셔야 하는 일이라고 말씀드리는 겁니다.”

사실 유민택의 나이가 적은 건 아니다.

그 나이대라면 회장 직함은 유지하되 뒤로 물러나 있는 게 보통이었다.

하지만 손자가 아직 어려서 여전히 전면에 있을 수밖에 없었다.

“손자분이 나서서 하는 첫 업무가 인도로의 이전이라면 못 해도 20년은 걸릴 겁니다. 큰 건수니까요.”

“하긴, 그렇지.”

“그리고 중국은 결국 계속 성장할 수밖에 없습니다.”

당연히 인건비는 기하급수적으로 올라갈 것이다.

“그리고 중국에서 인건비가 늘어날수록 손해는 점점 더 커지겠지요.”

노형진의 설득에 유민택은 고민하는 눈치였다.

'대룡이 중국에서 공장을 이전한다고 하면 상황은 달라지지.'

대룡 정도 되는 기업이 중국에서 나가기 시작하면 중국 정부도 기겁할 수밖에 없다.

대룡이 중국 공장에서 고용한 직원의 수가 수만 명이 넘는데, 그들의 돈이 돌면서 중국에 미치는 파급효과는 수십만 명 이상일 테니까.

“더군다나 중국은 코델09가 극심합니다. 절대 쉽게 사라지지 않을 겁니다.”

"코델09……."

그 말에 유민택은 눈을 찡그렸다.

안 그래도 형주에 있는 공장이 통째로 봉쇄당하는 바람에 피해가 어마어마한 상황이었다.

형주에서 부품을 가지고 와야 대룡전자가 굴러간다.

그런데 형주가 통째로 멈추는 바람에 다른 지역에서 어떻게든 부품을 구하느라고 웃돈까지 주고 있는 상황이었다.

그렇다고 그만큼 제품의 가격을 올릴 수도 없는 노릇.

"하지만 인도라고 해서 다를 게 뭐가 있겠나?"

"다르지요."

"어떤 면에서?"

"인도의 공장은 외부와 거의 단절된 형태로 되어 있습니다."

"아니, 그게 가능한가?"

사람이 살다 보면 자연스럽게 다른 사람들과 어울리게 되고 또 그 과정에서 움직이는 건 당연한 거다. 그런데 단절이라니?

"원해서 그렇게 된 게 아닙니다. 거기는 불가촉천민이나 불가시천민의 도시입니다."

일반 도시라면 여러 계급이 섞여서 살아간다.

하지만 그곳은 노형진이 그런 사람들 위주로 받아들여서 만들어 낸 계획도시다.

"물론 법적으로 그런 차별이 사라진 건 사실입니다만."

하지만 법적으로만 그럴 뿐 현실적으로는 그렇지 않다.

"그렇다 보니 자연스럽게 봉쇄 아닌 봉쇄가 이루어지더군요."

주변 도시 사람들은 천한 도시 취급하면서 접근도 안 하고, 그 도시의 노동자들은 다른 도시에 가 봐야 사람 취급도 못 받으니 나가질 않는다.

"더군다나 정상적인 노동자가 되면 삶의 질이 달라집니다."

물론 한국처럼 아파트에 사는 건 아니지만 해당 지역에 있는 조립식 주택 공장에서 지은 제대로 된 집에 살 수 있게 된다.

"깨끗한 물과 수세식 화장실을 쓰면서 깨끗한 옷을 입고 다니던 사람들이 갑자기 도시 밖의 쓰레기장 같은 곳으로 가게 된다면 기분이 어떨까요?"

"무슨 소리인지 알겠군."

물론 모든 도시가 그런 건 아니다.

하지만 인도에서 비슷한 수준의 도시로 가기 위해서는 제법 커다란 도시에, 그것도 최소한 바이샤 계급들이 살 만한 동네에 가야 한다.

달리트, 즉 불가촉천민의 신분을 가진 사람들은 접근도 못 하고, 잘못 들어갔다가는 두들겨 맞아서 죽을 수도 있는 게 현재 인도의 현실이다.

"그러면 외부와의 거래는?"

"극히 일부 상인들만 왔다 갔다 하면서 물자를 공급합니다. 그리고 그 상인들은 저희 회사 소속이고요."

"그 말은?"

"코델09로부터 상대적으로 안전하다는 말이지요."

물론 완벽하게 안전한 것은 아닐 것이다.

하지만 통로가 작아질수록 감염의 가능성은 낮아진다.

"상인들은 접하는 사람들이 그다지 많지 않습니다. 물자 같은 경우도 가지고 온 후에 2주간 격리하고 나면 바이러스가 사멸되니 그 이후에 풀면 됩니다."

물론 신선 식품 같은 거라면 문제가 되겠지만, 그렇지 않은 거라면 충분히 보관해 두었다가 풀면 된다.

"아까도 말씀드렸지만 전 세계는 격리 상태에 들어갈 겁니다."

당연히 물자는 부족해지고 그걸 생산하기도 힘들어질 것이다.

"안전하게 인도에서 생산한다면 그 수익이 얼마나 나겠습니까?"

그 말에 유민택의 눈동자가 흔들렸다.

확실히 가능성이 있는 말이니까.

"운이 좋다면 몇 달 안에 이전비를 모두 복구할 수도 있을 겁니다."

"몇 달이라……."

"중국이 봉쇄되는 기간을 생각하면 피해는 더더욱 줄어들 테고요."

"으음……."

유민택은 노형진의 말에 많이 고민하는 눈치였다.

하긴, 이게 쉽게 결정할 문제는 아니었다.

설사 제안하는 사람이 노형진이라고 해도 말이다.

"물론 다른 조건도 있습니다."

"다른 조건?"

"마이스터에서는 새로운 방식의 대출을 고안했습니다."

"새로운 방식의 대출?"

"생존을 위한 최소한 물품을 자금만큼 제공하는 거죠. 쉽게 말해서 외상입니다."

대출이라는 건 보통 돈으로 이루어진다.

하지만 그렇게 돈으로 들어오면 그게 어디에서 쓰이는지도 모르게 사라지는 경우가 많다.

더군다나 대출이라는 것은 결국 이득을 위해 하는 일이다.

당연히 적지 않은 이자도 내야 하고, 회사도 수익을 내야 한다.

"하지만 생필품이라면 이야기가 다르지요."

최소한 집과 생필품이 공급된다면 사람은 살아갈 수 있다.

만일 돈으로 준다면 한 달에 300만 원은 있어야 살아가겠지만, 생필품인 먹고 마시는 것만 공급하면 학원이고 뭐고 다 끊어 버리고 100만 원, 아니 더 극단적으로 낮추면 50만 원으로도 살아갈 수 있다.

"코델09가 기승을 부릴수록 생존 문제는 더 커질 겁니다."

실제로 미국에서 코델09가 터지자 어마어마한 실업률에 정부는 비명을 질렀고, 실업 급여는 순식간에 바닥이 났으며, 무료로 나눠 주는 식품들을 얻어 가기 위한 줄이 몇 킬로미터나 이어졌다.

'그리고 다시 코델09에 걸리는 악순환이 벌어졌지.'

노형진은 그걸 막기 위해 이런 시스템을 만들기로 한 것이다.

음식과 필수품을 집 앞까지 배달해 주고 돈은 추후에 받는다. 생존만 가능한 수준이겠지만, 그것마저도 절박한 시기일 테니까.

"그게 전 세계적으로 이루어진다면 어느 정도의 물품이 필요할까요?"

그 말에 유민택의 눈이 어느 때보다 커졌다.

"설마 인도 지역의 공장에서 나오는 걸로 우선 배급할 건가?"

"그럴 수밖에 없습니다."

단가를 낮춰야 더 많은 사람들을 도울 수 있고 또 오래 버틸 수 있으니까.

"코델09 와중에도 거기는 무조건 돌아갈 겁니다."

그리고 어마어마한 수익을 창출할 것이다.

그 후에는 그걸로 끝일까? 그럴 리가 없다.

"점유율이라는 말이 그냥 있는 게 아니죠."

일단 점유율이 높아지면 추후 사람들이 다시 찾을 가능성도 높아지기 마련이다.

"당연히 그곳에 들어가지 않은 기업들은 도산하게 될 겁니다."

공장도 멈추고 빚은 늘어난 상황에서 점유율은 바닥을 치게 된다.

"물론 모든 사람들이 다 신청하지는 않을 겁니다. 하지만 비상시에 사람은 만일에 대비해서 움직이게 되지요."

어떤 사람이 코델09 시국에도 정상 작동되는 공장에 다닌다고 치자.

가령 그곳이 스파게티 공장이라면, 그 사람은 회사에서 월급을 받아 자신의 공장에서 생산한 스파게티를 사 먹을까?

물론 그럴 수도 있다.

하지만 비상시이고 다른 사람들을 만날 수도 없는 상황.

미래가 어떻게 될지 모르는 상황이라면 한 봉지당 5달러짜리인 자기네 공장 스파게티를 사 먹는 게 아니라 나중에 2달러만 갚으면 되는 외상형 스파게티를 사 먹게 될 가능성이 크다.

미래는 모르는 일이니까.

'그래서 중국이 코델09 사태 기간에 폭발적으로 성장했지.'

아이러니한 일이지만 막을 수는 없는 일이니 노형진은 그걸 그대로 자신들이 빼앗아 먹을 생각이었다.

하지만 여전히 유민택은 고민할 수밖에 없었다.

중국에서 인도로 옮기는 데 비용이 한두 푼이 드는 게 아닐 테니까.

최소한 200억은 들어야 할 일이니 마음대로 결정할 수는 없었다.

"일단은 이사회에서 회의해 보고 결정하겠네."

"글쎄요. 제가 봐서는 이사회도 공장의 이전에 동의할 수밖에 없을 텐데요."

"그게 무슨 말인가?"

그 순간 비서가 들어오더니 유민택에게 다가왔다.

"내가 노 변호사와 이야기할 때는 들어오지 말라고 했을 텐데?"

"회장님, 긴급 사항입니다."

"긴급?"

비서는 노형진을 힐끔 보더니 유민택에게 다가가서 귓속말로 뭐라고 조용히 말했다.

그러자 그 말을 들은 유민택의 얼굴이 굳었다.

그렇게 한참의 침묵이 흐른 뒤 유민택은 알았다는 듯 손을 흔들었고, 비서는 고개를 숙여서 인사하고는 밖으로 나갔다.

"왜 그러십니까?"

"중국 형주에 있던 우리 공장 중 하나가 습격당했다고 하네."

대형 공장은 아니고 직원이 이백 명쯤 되는 작은 공장이기는 하지만, 그래도 대룡의 중국 공장인 것은 사실이었다.

애초에 다이얼의 버튼 같은 작은 물건을 만드는 곳이라 큰 공장일 필요는 없었다.

"하지만 중국인들의 습격을 받아서 전소되었다고 하는군."

"역시나 그렇군요."

"역시나?"

"제가 방금 그러지 않았습니까, 이사회에서 동의할 수밖에 없을 거라고."

"……."

"중국의 한국에 대한 허위 사실 주장은 단순한 시선 돌리기용 쇼가 아닙니다, 회장님."

불만을 외부로 돌리기 위한 수단이다. 옛날부터 중국에서 자주 써먹던 방법이고 말이다.

"그런데 왜……."

한두 번 있던 일도 아니다.

그런데 한국계 기업들이 왜 갑자기 공격당해서 전소된단 말인가?

"통제가 안 되니까요."

"뭐?"

"중국은 지금 코델09에 대한 통제가 안 되고 있는 상황입니다. 반대로 말하면, 중국인들의 분노는 이미 머리 꼭대기까지 치솟아 있다는 거죠."

다른 사항이라면 단순히 불만을 돌리고 적당히 불매운동을 야기해 위협하면 알아서 기게 마련이다.

그게 중국 정부의 판단이었을 거다.

"하지만 이건 목숨이 달린 사건입니다, 회장님."

단순히 불매운동으로 그칠 수 있는 일이 아닌 것이다.

지금 이 순간에도 중국에서는 하루에도 몇만 단위로 사람이 죽어 나가고 있다. 그 공포와 두려움, 그리고 가족의 죽음에 대해 누군가에게 책임을 묻고 싶다는 분노.

"중국에서 시선을 돌리고 제물을 내밀었으니 중국 인민들은 거리낌 없이 공격할 겁니다."

다만 애초에 중국 정부에서 원한 건 아마 불매운동이나 시위 정도일 테지만.

"하지만 이번에는 그렇게 끝날 수가 없습니다."

분노가 이미 하늘을 찌른 상황이니까.

"으음, 그러면······?"

"아마 한국 공장에 대한 지속적인 테러가 시작될 겁니다."

"······."

"그리고 그 테러의 끝은 사건이 흐지부지되는 것일 테고요."

물론 엄밀하게 말하면 공장을 습격해서 불태운 작자들을 잡아서 처벌해야 한다.

하지만 중국은 코델09로 인해 그럴 여건이 안 된다.

모든 경찰력은 코델09 통제에 집중되어 있고, 이 상황에서 섣불리 인민을 건드리면 분노가 당에 쏠릴 수도 있다.

"더군다나 형주면 아마 추적도 불가능할 겁니다."

형주는 현재 모든 사람들에게 마스크를 쓰고 다니게 하고 있다.

즉, 사진 같은 걸로 추적하는 데 한계가 명확하다는 거다.

"애초에 추적도 제대로 안 할 테고요."

그걸 건드렸다가 인민의 분노가 당으로 쏠리는 건 막고 싶을 테니까.

"아마 이런 일은 이제부터 시작일 겁니다."

그 말에 유민택은 눈을 찡그렸다.

공장이 공격당한다?

그럼 이전비가 아니라 지키는 게 문제가 된다.

방어에 실패하면 공장이 홀라당 타 버릴 수도 있다는 소리다. 마치 지금처럼 말이다.

그걸 막기 위해 인원을 고용하는 것도 문제가 된다.

경비원을 배정할 수도 있겠지만 단순 경비원으로 몰려드는 폭도를 막을 수는 없을 테고, 그걸 막기 위해서는 최소한 백 단위 이상의 인원을 배치해야 한다.

그것도 단순히 인원만 배치하는 게 아니라 폭도를 막을 정도의 무장은 해야 하는데, 중국 정부에서 허락할 리가 없다.

결국 뇌물을 써야 하니 그런 경우 손실액은 대충 잡아도 100억 이상.

아마 이전비와 비슷하게 나올 가능성이 크다.

"무조건 옮겨야겠군."

유민택은 속으로 이리저리 재 보다가 결국 마음을 굳혔다.

생존을 위한 준비들

"뭐? 중국에 있는 공장들을 옮기겠다고? 누구 마음대로?"

샹량핑은 보고를 듣고는 기가 막혔다.

한국에 압박도 할 겸 전 세계에서 자신들에게 쏠릴 시선도 돌릴 겸 한국에 죄를 뒤집어씌웠다.

한국이 중국에 바이러스를 풀었다고.

물론 대놓고 말한 건 아니고 카더라식의 수준이었지만, 원래 중국에서는 당에서 명령이 떨어지면 일사불란하게 움직인다.

언론에서는 무슨 무슨 카더라가 있다고 연신 보도하면서 그걸 기정사실화시켰고, 인민들의 분노를 한국으로 쏠리게 하는 데 성공했다.

거기까지는 좋았다.

그런데 한국의 기업들이 폭도들에게 공격당하는 건 예상에 없는 일이었다.

그리고 그 반동으로 한국의 기업들이 중국 이탈을 서두르게 된 것은 진짜 예상하지 못한 일이었다.

"한국 기업들이 빠져나가면 타격은?"

샹량핑의 질문에 공산당 위원 하나가 걱정스럽게 말했다.

"아주 심각합니다. 사실 한국 기업만 나가면 그렇게 문제가 되지는 않을 테지만……."

"그런데?"

"한국 기업들은 전 세계에서 인정받는 기업들입니다."

한국 기업들은 빠르기로 유명하다.

작은 나라지만 기업은 크다.

빠른 반응과 빠른 성장이 한국 기업들의 특징이다.

"남아 있는 타국의 기업들이 불안감을 느끼고 있습니다."

남아 있는 타국의 기업들, 그러니까 유럽이나 미국 등 선진국의 기업들이, 한국 기업들이 인도로 공장을 옮길 계획이라고 발표하자 자신들도 옮길 걸 감안하고 있다는 것이다.

"한국 기업들이 모두 옮긴다면 최소 100만 명 이상의 실업 사태가 벌어질 겁니다."

"100만 명?"

"그렇습니다."

물론 한국 기업들이 이들을 모두 고용하는 건 아니다.

하지만 납품하는 회사들과 그들과 연관된 회사들까지 생각하면 문제는 더더욱 심각해진다.

대기업에서 한 명이 일하면 간접 고용 효과가 열 명이고 관련자 백 명이 먹고산다는 말은 농담이 아니다.

"더군다나 코델09 와중이라는 것을 감안하면……."

그 말에 샹량핑은 얼굴이 굳었다.

안 그래도 그렇게 노력하고 있음에도 불구하고 형주를 기점으로 점점 퍼지는 질병을 막을 방법이 없었다.

이미 다른 도시에서도 확진자가 나오고 있었지만 중국 정부는 그 사실을 인정하지 않고 그냥 뭉개면서 사망자가 나오는 족족 소각 처리해 버리고 있었다.

"더군다나 인도에서는 이걸 기회라고 생각하고 있습니다."

"무식한 인도 새끼들이."

근접한 나라들의 사이가 안 좋은 건 너무 당연한 일이지만 특히 인도와 중국은 사이가 아주 극단적으로 안 좋다.

한국과 중국이 어쩔 수 없는 전략적 동반 관계라면 인도는 중국과 포지션이 겹치는 일종의 라이벌 관계다.

어마어마한 인구, 넓은 땅, 부족한 기술 등 두 나라는 흡사한 부분이 많은 데다, 인도의 성장은 중국에 위협이 되고 반대로 인도는 중국이 성장을 방해하고 있다고 생각한다.

그 때문에 두 나라는 언제 전쟁이 터져도 이상할 게 없는 그런 상황이었다.

대표적인 예가 바로 파키스탄이다.

인도와 파키스탄은 철천지원수다.

그 파키스탄의 제1 우방국이자 동시에 지원국이 중국이다.

그런 상황이니 인도 정부는 눈에 불을 켤 수밖에 없을 것
이다.

아무리 생각이 없어도 인도에 공장들이 들어오는 게 좋은
일이라는 건 알 테니까.

"인도 정부에서 마이스터와 손잡고 추가로 여러 지역에 공
장 지대를 개발할 모양입니다. 아예 이미 투자 형태로 지원
자들을 모집하고 있습니다."

기존에는 불확실했기 때문에 마이스터가 일단 개발하고
회사들이 옮겨 왔지만, 이미 인도의 공장 지대는 가치를 증
명했다.

원래 역사에서는 없었던 일이다.

당연히 그런 상황이라면 일단 입주비를 받아서 자리를 만
들고 나중에 들어오는 전략도 쓸 수 있다.

노형진도 본격적으로 그런 방법을 쓰기로 한 것이다.

"빵즈 놈들이…… 우리랑 전쟁이라도 하자는 거야, 뭐야?"

"이게…… 한국 정부에서 하는 일이 아닙니다."

"뭐?"

"공식적으로는 한국 정부가 아니라 마이스터에서 하는 일

입니다."

사실 한국 정부 입장에서는 기업의 해외 진출을 도와줄 수가 없다.

아니, 좋아할 수가 없다.

공장이 해외 진출을 한다는 것은 반대로 말하면 한국 내 일자리가 줄어든다는 의미다. 당연히 어떤 나라든 자국 밖으로 기업이 이전하는 걸 좋아하지 않는다.

그건 한국도 마찬가지.

기업이 중국으로 가는 것도 한국은 결코 좋아하지 않는다.

하지만 기업의 이익 창출 도모를 막을 수는 없기에, 그렇게 기업이 다른 지역으로 옮겨 갈 경우 이전을 돕는 것은 한국 정부의 소관이 아니다.

"마이스터에서 적극적으로 홍보하고 있나 봅니다."

"마이스터? 그 미국계 회사?"

"그렇습니다."

"이런……."

사실 한국 회사라면 그냥 건드려 볼 만하다.

하지만 마이스터는 미국 회사고, 마이스터를 건드리면 당연히 미국에서 발끈한다.

마이스터는 미국에서도 그 영향력이 어마어마하니까.

"어떻게 하시겠습니까? 이대로는 기업들이 모두 인도로 빠져나갈 겁니다."

"한국을 군사적으로 압박해야 할지도 모르겠군."

샹량핑은 굳은 얼굴로 말했다.

"군사적으로 말입니까? 하지만 한국은……."

"관련 없다고? 지금 그걸 믿나? 우리가 한국을 걸고넘어지자 갑자기 기업들이 인도로 도망가려고 한다고?"

"……."

"빵즈 놈들이 우리를 엿 먹이려고 작정한 거야."

코델09 시국에 가뜩이나 중국 내부가 혼란스럽다.

더군다나 중국 내부의 불만도 어마어마하게 쌓여 있다.

"이대로 가면 우리는 다 죽어."

샹량핑의 말은 농담이 아니다.

다른 나라들에서 모를 뿐이지 지금 중국은 여러 악재가 겹쳐 있다.

당장 먹고 마시는 문제도 그렇다.

중국이 가장 좋아하는 고기는 돼지고기다.

그런데 지금 중국의 돼지 농가는 거의 말라 죽기 직전이다.

소비가 없어서? 아니다.

소비는 많다.

문제는 돼지열병이다.

원래 돼지열병은 중국이 아니라 러시아에서 터졌었다.

그런데 때마침 중국과 미국의 싸움이 터졌고, 중국은 주변 학자들의 만류에도 불구하고 수입선을 미국에서 러시아로 돌렸다.

그 결과, 러시아에서 터진 돼지열병이 중국에 퍼지면서 중국 농장의 돼지들이 씨가 마르고 있는 상황이었다.

콩만 해도 그렇다.

미국과 싸움이 나자 중국은 미국산 콩의 수입을 막아 버렸다.

자신들이 소비하는 절대 갑이라고 생각했으니까.

하지만 현실적으로 중국 땅에서 나오는 양으로는 인민들을 다 먹여 살릴 수 없어서 다른 나라에서 수입하기 시작했는데, 십수억 인구의 입을 감당할 수 있는 나라는 거의 없었다.

결국 다른 나라는 그걸 감당하기 위해 미국산 콩을 수입해서 중국으로 넘기기 시작했다.

콩뿐만 아니라 밀가루나 석탄 등도 마찬가지 상황.

그러다 보니 똑같은 물건인데 가격은 올라가는 기현상이 벌어졌다.

중국은 자존심을 지켰다면서 자화자찬하고 있지만 다른 나라가 보기에는 병신 짓도 이런 병신 짓이 없었다.

수입 금지를 하는 이유는 상대방에게 타격을 입히기 위함인데 정작 상대방은 아무런 피해도 안 입고 도리어 자기들만 타격을 입고 있는 상황이니까.

그러다 보니 오랜 기간 물가가 가파르게 올랐다.

이 상황에서 코델09가 퍼지고 일자리마저 잃어버린다? 그때는 무슨 일이 벌어질지 모른다.

"나가려고 하는 한국 놈들을 막아야 해."

"하지만 그게 쉬울지……."

"함대를 동원하도록 하지."

"함대 말씀입니까?"

"그래. 우리가 함대로 위협하는 거야."

"하지만……."

"어차피 한국은 우리와 전쟁 못 해."

"……."

한국은 절대 중국과의 전쟁을 바라지 않는다. 아니, 전쟁을 할 수가 없다.

설사 중국에서 한국 기업이 빠진다고 해도, 중국을 통하는 물동량을 생각하면 절대로 중국을 버릴 수 없다.

실제 역사에서도 그랬다. 그걸 샹량핑은 알고 있었다.

"우리가 함대를 동원해서 위협을 가하면 알아서 기겠지."

한국은 언제나 그랬다. 이성적인 국가이지만, 그렇기에 그 이성이 때때로 그들 자신을 좀먹었다.

"당원 회의를 소집하게. 제대로 우리 힘을 보여 줄 때야."

샹량핑은 굳은 얼굴로 말했다.

⚖

"지금이라도 가서 용서를 빌어야 합니다!"

"대통령 각하, 중국 순방을 하시는 게 어떻습니까?"

"기업 총수들에게 이전을 포기하라고 해야 합니다."

중국 북해 함대의 이어도 침범. 심각한 상황이었다.

이어도는 한국 영토 안에 있는 암초 지대다.

그동안 중국이 해당 영토를 종종 자기네 영토라고 주장하기는 했지만 그걸로 크게 충돌하거나 하는 일은 없었다.

애초에 중국이 자기네 땅이라고 주장하는 곳이 한두 곳이 아닌 데다 실질적인 뭔가를 하려고 하지는 않았으니까.

그런데 어젯밤, 갑자기 중국 북해 함대가 이어도에 나타나서 이어도가 자국 영토라고 주장했다.

그래서 그 소식에 얼굴이 새파랗게 질린 사람들이 당장이라도 중국에 빌자고 말하기 시작한 것이다.

하지만 그런 사람만 있는 건 아니었다.

"각하! 이는 우리 대한민국을 무시하는 행위입니다."

"당장 서해 함대를 보내서 징계해야 합니다!"

"그렇습니다."

"어차피 우리가 전쟁을 못 할 거라 생각하고 저러는 겁니다. 이대로 당하면 계속 끌려다니게 됩니다. 함대를 동원해서 중국을 벌해야 합니다."

주전파와 반전파, 그 둘 사이의 논쟁은 끝도 없이 벌어지고 있었다.

그 상황에서 박기훈은 토할 것 같았다.

'나는 개혁을 원한 거지 전쟁을 원한 게 아닌데.'

설마 중국에서 이런 극단적인 방식을 쓸 거라고는 생각 못
했다.

사실 공장의 이전은 한국 정부의 권한이 아니었다.

그래서 한국 정부에 이런 억압을 할 거라고는 생각도 못
했다.

"후우, 도떼기시장이 따로 없네."

노형진은 그런 모습들을 보면서 혀를 끌끌 찼다.

사실 예상한 일이다. 상대방 국가가 이런 극단적인 형태로
나올 경우 이쪽도 대혼란에 빠지게 된다.

'그리고 그게 중국에서 노리는 걸 테고 말이지.'

물론 이쪽에 힘이 있어 저항할 수 있다면 그러지는 않을
것이다.

하지만 한국은 그럴 힘이 없다는 걸 알고 있다.

"끄응……."

박기훈도 이런 상황은 예상하지 못한 건지 상당히 고통스
러워하고 있었다.

전이라면 호통이라도 쳐서 사람들이 떠드는 걸 막았을 텐
데 말이다.

"그만하시죠."

"뭘 그만해! 당신 때문에 이 지랄이 났는데!"

"너 말이야, 어린 놈의 새끼가 건방져! 매일 극단적인 방

법만 쓰자고 하자고 하더니."

"그래, 네가 책임져!"

박기훈이 조용히 있자 자문 위원들은 타깃을 노형진으로 돌렸다.

얼마 전에 기업의 이전에 대해 동의하던 사람들이 말이다.

'후우, 답 없군.'

노형진은 혀를 끌끌 찼다. 그렇다고 해서 물러날 생각은 없었다.

"다 예상한 거 아닙니까?"

"뭐?"

"다 예상한 거라고요. 설마 다들 이 정도도 예상하지 못하고 동의하신 겁니까?"

노형진은 아주 놀랍다는 표정으로 그들을 바라보았다.

"저는 다 예상하고 동의하신 줄 알았는데요."

그 표정에 담긴 의미는 간단했다.

너희는 이런 것도 예상하지 못하고 그런 중대한 사안을 결정하는 병신이었느냐는 질문.

그 모습에 다른 자문 위원들의 얼굴이 붉으락푸르락해졌다.

"너 이 새끼!"

"오늘 끝장을 보자!"

누군가 결국 발끈해서 소리를 빽 질렀다.

자문 위원 중 하나인 성설강이었다.

그에 노형진은 담담하게 말했다.

"그러지요. 끝장을 보도록 하지요, 성설강 자문 위원님."

노형진의 얼굴에는 웃음이 떠올라 있었으나, 성설강은 그 말에 얼어붙었다.

"제가 먼저 싸움을 건 게 아니라는 걸 기억해 주시기 바랍니다."

노형진은 그렇게 말하면서 자리에서 일어났다.

"각하, 죄송합니다. 통화 좀 잠깐 하고 오겠습니다."

그 말에 성설강의 눈동자가 흔들리기 시작했다.

그러고는 살려 달라는 눈빛으로 다른 자문 위원들을 바라보았다.

욱해서 소리를 질렀지만 사실 노형진은 새끼손가락만으로도 자신을 짓이겨 놓을 수 있는 존재라는 걸 뒤늦게 깨달은 것이다.

"크흠……."

그런 성설강의 시선을 다른 자문 위원들은 애써 피했고, 성설강은 마지막으로 제발 살려 달라는 표정으로 박기훈을 바라보았다.

"후우, 그만. 노 자문 위원, 앉아요."

"잠깐이면 됩니다. 한 사흘? 아니, 한 이틀 정도면……."

전화를 이틀씩이나 할 리는 없으니 이틀이면 자문 위원 하나 죽여 버릴 수 있다는 소리다.

그런 노형진의 말에 박기훈은 긴 한숨을 내쉬었다.

"머리 아픈데 쓸데없는 걸로 심력 낭비하지 맙시다."

"뭐, 그렇게 말하신다면야."

노형진은 다시 자리에 앉았고, 좌중에는 침묵이 흘렀다.

"그래, 노 자문 위원은 이런 상황이 벌어질 걸 이미 알고 있었다?"

"네, 알고 있었습니다. 정확하게는 예측하고 있었지요. 수많은 변수 중 하나지만요. 사실 중국은 다급한 상황입니다. 그들이 쓸 수 있는 방법은 한정되어 있습니다."

경제적으로 압박을 가하든가, 군사력으로 압박을 가하든가, 외교적으로 압박을 가하든가. 셋 중 하나의 선택지가 현실이다.

"하지만 경제적으로 압박을 가하는 건 불가능하죠."

중국에서 공장을 뺀다는 것은 경제적 종속 관계를 끊겠다는 소리다. 그 상황에서 경제적 압박은 그걸 가속화시킬 것이다.

물론 다른 물건의 교류가 없는 것은 아니지만 그걸 중국에서 일방적으로 끊어 버린다면 중국 입장이 국제적으로 크게 불리해진다.

공장의 이전은 기업의 선택인데 그걸 이유로 국가를 압박하면 다른 국가 역시 같은 공격의 대상이 될 거라는 의미이기 때문이다.

"외교적 압박을 하기에는 이건 건수가 크지도 않거니와 중국과 친밀한 나라가 많지 않습니다."

그리고 그 나라 중에서 한국에 외교적 압박을 줄 만한 나라는 거의 없다.

그나마 러시아 정도인데, 문제는 러시아는 한국과도 친밀하다는 거다.

물론 한국 편도 안 들어 주겠지만 중국 편도 안 들어 줄 거다.

"그럼 남은 건 군사적 압박이지요. 때마침 중국의 목적은 시선을 외부로 돌리는 거니까요."

원래 역사에서는 그럴 여건이 되지 않았고 그럴 시기도 아니었다.

하지만 회귀 후 한국과 중국의 거리는 원래 역사와 달리 상당한 편이었고, 결정적으로 회귀 이전처럼 경제적으로 종속된 상황도 아니었다.

"그래서 군사적 방법을 택한 거라고?"

"그렇습니다. 하지만 그렇다고 해도 한국에 대한 침공 같은 건 꿈도 못 꿀 일입니다."

그랬다가는 미국이 가만있지도 않을 게 뻔하고, 이 와중에 전쟁을 일으킬 병신은 없다.

"전쟁터가 위생상 좋을 수가 없으니까요."

1차대전 당시에 전투로 죽은 사람보다 병으로 죽은 사람이 많다고 할 정도로 질병은 전장에서 치명적이다.

하물며 전장에서 마스크를 쓰고 깨끗하게 씻고 소독하고 다닐 것도 아닌데 몰려서 먹고 자야 한다.

전쟁이 터지면 당연히 수백만 단위로 질병이 퍼질 거다.

"그러면 대한민국 영토는 공격 못 합니다. 애초에 한국에 대한 직접적인 공격을 미국이 그냥 두고 보지도 않을 테고요. 그러면 어디가 제일 만만할까요?"

"이어도군."

"맞습니다."

이어도는 본토라고 볼 수가 없다.

더군다나 암초 지대인지라 인명 피해나 민간인 피해도 없다.

그런 곳에 군대를 보내서 주권을 주장하면 필연적으로 대치 상태가 발생하게 된다.

"운이 좋다면 거기를 집어삼킬 수 있고 말이지요. 더군다나 수십 년 동안 중국은 이어도가 자신들의 영토라고 주장하고 있습니다."

"끄응……."

"그러니 답은 간단하지요."

이어도를 빌미로 한 무력행사.

그건 미국에서 도와줄 수가 없는 일이다. 사람이 사는 땅을 빼앗긴 것도 아니고 암초 하나 빼앗긴 걸로 미국에서 도와주겠다고 나설 수는 없다.

물론 이어도는 단순한 암초가 아니다.

배타적경제수역과 관련된 문제다.

하지만 남의 배타적경제수역을 지켜 주겠다고 미국이 함대를 동원할 이유는 없다.

"더군다나 한국은 이미 전투기와 핵 잠수함 그리고 핵 항모를 만들기로 결정했습니다. 설마 중국이 그걸 그냥 두고 볼 거라고 생각하셨습니까?"

"……."

실제로 중국은 한국이 핵 잠수함과 항모를 만들 때 온갖 위협을 다 했다.

심지어 원래 역사에서 항모는 핵 항모도 아니고 디젤 항모였는데 말이다.

"그런데 왜 말해 주지 않은 건가?"

"아까도 말했다시피 다들 알 거라 생각했지요."

말하면서 한심하다는 듯 다른 자문 위원들을 둘러보자 다들 슬슬 그의 시선을 피했다.

"그 말은, 해결책도 있다는 뜻?"

"있습니다."

"뭔데?"

"핵입니다."

"자네 미쳤나? 지난번에도 그러더니 또 핵인가? 그게 가능하겠나?"

물론 핵무기를 가지고 싶은 마음은 굴뚝같다. 당연하다.

하지만 그럴 수가 없다. 그걸 미국에서 그냥 두고 볼 리가 없으니까.

"그놈의 핵, 지겹지도 않나?"

"맞아. 핵만 쥐고 있으면 다 되는 줄 아나 보네."

작게 구시렁거리는 자문 위원들.

하지만 노형진은 다르게 생각했다.

"각하, 우리가 핵을 가지자는 게 아닙니다."

"뭐? 그러면?"

"핵을 가지고 있는 나라에다 배치해 달라고 하자는 겁니다."

"핵을 가진 나라라고? 설마 미국?"

"미국 말고 어디에 부탁하겠습니까?"

노형진은 느긋하게 말했다.

"아니, 무슨 말인가?"

"미국은 누구보다 중국을 견제하고 싶어 합니다. 하지만 한국에는 핵을 배치하지 못하고 있습니다. 왜일까요?"

"그거야……."

실제로 미국은 극비리에 한국에 핵을 배치한 적이 있다.

하지만 지금은 아니다. 왜냐?

"전임 대통령이 비핵화 선언을 했으니까요."

한반도 내에서는 무기로써의 핵은 인정하지 않겠다.

상당히 이상적인 말이다.

"하지만 그 당시에는 어쩔 수 없는 선택이었지요."

일부에서는 그 발언으로 인해 한국이 핵무장을 하지 못한다고 성토하기도 한다.

하지만 핵무장은 예나 지금이나 미국이 허락하지 않는다.

한국이 발전한 지금도 마찬가지인데 과거에는 어땠겠는가?

"그 당시의 비핵화 선언이 뜻하는 바는 간단합니다. 우리도 핵무장을 할 수 없게 되지만 최소한 이 땅을 핵전쟁터로 만들지는 않기 위한, 어쩔 수 없는 수단이었지요."

"후우, 그건 그렇지."

즉, 그 당시의 비핵화 선언은 핵이라는 무기를 포기할 수밖에 없는 상황에서 어쩔 수 없이 자존심이라도 세워 보려는 하나의 몸부림 같은 거였다.

"그런데 그게 이번 일과 무슨 관계요?"

"간단합니다. 우리는 핵 잠수함과 핵 항모를 가지겠노라고 발표했으니까요."

즉, 그 발표를 한 순간부터 비핵화 선언은 사실상 의미가 없어져 버린 것이다.

"그리고 그 말은, 미국과의 협상을 통해 다시 한국에 핵무기를 배치할 수 있다는 소리이기도 합니다."

"……."

"중국은 미국을 두려워합니다. 특히 미국이 한국에 배치한 열두 대의 F-22랩터에 상당히 경계심을 가지고 있지요."

물론 F-22랩터가 전투기이기는 하지만 핵미사일을 발사 못 할 정도는 아니다.

물론 한 방에 도시 하나를 날려 버리지는 못하겠지만 군단 하나를 날려 버리는 전략핵 같은 건 분명 탑재 가능하다.

애초에 핵은 소형화가 충분히 가능해진 시점이다. 과거에 미국이 소련의 전차 군단을 막기 위해 핵 박격포라는 물건을 내놓은 적이 있을 정도다.

"철저한 스텔스성을 가진 랩터가 핵무장을 한다면 어떻게 될까요?"

"……."

중국으로서는 최악의 악몽이다.

"애초에 미국은 한국에 왜 그렇게 필사적으로 핵미사일 방어 시스템을 설치하려고 했을까요? 다들 아시지 않습니까?"

군사 쿠데타 와중에도 홍안수를 압박해서 박아 둔 전략핵 방어 시스템.

"그거야 방어가 용이해서 그런 게 아닌가?"

가까울수록 전략핵 감지가 빨라져서 최고 속도에 올라가기 전에 격추시킬 가능성이 높아지기 때문이다.

실제로 대륙간탄도탄을 방어하는 가장 좋은 방법은 상승 단계에서 격추하는 거다. 하락 단계에서는 어마어마한 속도 때문에 격추가 거의 불가능하다고 하니까.

"네, 빠른 감지 그리고 빠른 격추가 목적이지요."

"그래서?"

"반대로 말하면, 한국에서 핵미사일을 쏜다면 중국은 못 막습니다."

가까울수록 날아가는 시간도 짧다. 하물며 레이더에 걸리는 핵미사일도 그런데 스텔스 전투기들이라면 더더욱 그렇다.

"그리고 그렇게 되면 중국 공군의 피로도는 한계에 달하게 됩니다."

"어째서 말인가?"

"우리나라에서 뭔가 뜰 때마다 난리가 날 테니까요."

"스텔스기인데?"

"각하, 비밀 무기는 그 성능이 드러나지 않을 때 효과가 있는 겁니다."

스텔스기는 분명 레이더에 걸리지 않는다.

하지만 훈련 단계에서는 레이더에 걸린다. 왜 그럴까?

그 이유는 간단하다. 성능을 감추기 위해 도리어 레이더 흡수를 하는 장비를 설치하기 때문이다.

그 때문에 단순 비행 훈련 시에는 F-22도 레이더에 나타난다.

"그리고 레이더 도료는 금보다 비쌉니다, 각하."

당연히 미국 정부도 그게 부담이 된다.

아무리 스텔스라지만 그것만으로는 완벽하지 않다.

스텔스 도료는 무조건 발라야 한다.

"문제는 그걸 출격할 때마다 해야 한다는 거죠."

비행 중에 떨어져 나갈 수도 있고, 다른 변수도 엄청나게 많다.

강력하지만 비싸다. 그래서 미국도 F-22랩터 훈련을 자주 하지는 않는다.

"정확하게는 훈련 상황에서는 그 도료를 재도색하거나 하지 않습니다."

한 번 출격할 때마다 100만 달러가 날아가니까.

오죽하면 미국은 F-22랩터의 퇴역 계획을 세우고 있을 정도였다.

현존하는 최강의 전투기인 것은 사실이나 천조국이라 불리는 미국조차도 운영비가 부담스러워서 그런 결정을 내리는 물건이 바로 F-22랩터다.

당연히 전투 출격이 아닌 단순 훈련에 그 비싼 도료를 도색하지는 않는다.

"그 말은, 한국에서 뭐가 뜰 때 이게 F-22랩터인지 아니면 한국의 F16인지 알 수가 없다는 거죠."

중국 정부는 분명 한국을 레이더로 감시하고 있다.

그런데 한국에 랩터가 배치된 상황에서 핵까지 배치된다?

"그렇군, 정말로 뭐 하나 뜰 때마다 비상이 걸리겠군."

"맞습니다. 우리가 당한 그대로 돌려주는 셈이지요."

만일 올라간 전투기가 중국 쪽으로 향한다? 그러면 미치고 싶을 것이다.

그렇다고 막을 수도 없다.

한국 영공에서만 비행하면 그건 불법이 아니니까.

"출격을 안 할 수도 없지요."

스텔스 장착하고 가서 선빵 치면 중국은 끝장이니까.

"하지만 그러면 중국과 사이가 더 틀어질 텐데?"

누군가의 걱정스러운 말.

그 말에 노형진은 고개를 끄덕거렸다.

"그렇기 때문에 핵 배치는 안 됩니다."

"핵 배치는 안 되지만 이야기만 하자……. 뻥카를 치자 이거군."

"맞습니다."

한국 내부에는 중국 스파이들이 쌓이고 쌓였다. 당연히 미국과 협상을 시도한다는 내부 정보를 흘리는 것은 어렵지 않다.

"그러면 중국에서는 어떻게 대응해야 할까요?"

"무시하지는 못하겠군."

그동안 보아 온 중국의 성향을 생각하면 불법적으로 얻은 정보는 둘째 치고 핵미사일의 배치를 그냥 두고 보지는 않을 것이다.

"그리고 일본도 있고요."

한국에 핵을 배치할 경우 일본이 과연 구경만 할까?

자기네들도 방어용 핵을 배치해 달라고 할 가능성이 크다.

일본은 한국이 앞서 나가는 걸 원하지 않으니까.

"물론 항의만으로 되지는 않을 겁니다."

채찍질만으로 뭔가를 하기에는, 중국은 이제 자본주의가 너무 강해졌다.

만일 자본주의 세계에서 철저하게 배제되면 중국은 무너진다.

"당근을 줘야 하지요."

"당근…… . 함대를 물리겠군."

박기훈은 자신도 모르게 고개를 끄덕거렸다.

만일 당근 없이 위협만 계속한다? 그러면 자본주의국가에서의 이탈은 점점 더 가속화될 것이다.

한국과 일본은 당연히 이탈할 테고, 미국도 진짜로 이탈할 테고, 그러면 유럽도 이탈할 거다.

"물론 미국은 금시초문이겠지만요."

"확실히 가능성이 있어."

박기훈은 고개를 끄덕거렸다.

중국은 한국과 일본을 억압하려고 난리지만 그렇다고 해서 미국과 전면전으로 붙으려고 하지는 않는다.

실제로 중국의 외교부 장관은 미국과 적대할 생각이 없다고 대놓고 말하기도 했다.

아이러니하게도 그는 한국에 소국이 대국에 대항해서 되

겠느냐고 말하고 몇 달 후 미국에 대국이 소국을 억압해서
되겠느냐고 말한 인물이었다.

"호가호위라고 하지요."

여우가 호랑이를 뒤에 두고 힘을 자랑한다는 소리다. 그리
고 그걸 노형진은 써먹을 생각이었다.

"그리고 다른 목적도 있습니다."

"다른 목적?"

"돈. 많이 부족해질 겁니다."

"뭐? 뜬금없이 그게 무슨 말인가?"

"코델09로 인한 문제는 한국에서도 터집니다. 전 세계에
서 터질 겁니다. 그걸 대비하기 위해서는 어마어마한 돈이
필요할 테고요."

그 말에 다들 얼굴이 굳어졌다.

하긴, 그건 기정사실이니까.

"문제는, 우리는 핵 잠수함과 핵 항모를 제작하기로 한 상
황이라는 거죠."

"아……."

세계가 질병에 대항하기 시작하면 돈은 많이 들어갈 수밖
에 없으니 그 과정에서 후순위의 돈이 빠질 수밖에 없다.

"현실적으로 본다면 무기 개발은 후순위 중에서도 후순위
입니다."

더군다나 당장 써먹을 수 있는 것도 아니고 언제 완성될지

모르는 핵 항모와 핵 잠수함이다. 결국 코델09 상황에서는 전액 삭감하고 국내 방역으로 돌려야 한다.

그 상황에서 무기 개발한다고 난리 치는 건 그다지 좋은 선택이 아니다.

"하지만 그 돈을 기부받는다면 어떨까요?"

"뭐?"

"만일 국방비를 기부받는다면 더욱 빠르게 무장할 수 있지 않겠습니까?"

"……."

틀린 말은 아니다.

물론 당장 핵 잠수함이나 핵 항모를 만들 수는 없다.

"몇 년간 연구는 계속해야 합니다. 이 비상 상황에 국민들에게 기부받아서 연구를 계속하는 겁니다."

"……!"

그 말에 박기훈은 눈을 크게 떴다. 노형진이 노리는 게 뭔지 알아차린 것이다.

노형진도 그런 박기훈을 보면서 눈을 찡긋했다.

'허허, 이 사람을 봤나.'

물론 얼마나 기부할지는 모른다.

하지만 한국 사람들에게 이어도는 분명 한국 섬이다.

즉, 중국의 침략이라는 거다.

"기부를 받는다면…… 확실히 기부금이 모이겠지."

"그게 수백억이라도, 연구는 가속화시킬 수 있을 테고."

그것만 생각한 일부는 히죽 웃기까지 했다.

하지만 노형진이 생각한 건 그것만이 아니었다.

'기부와 관련해서 뉴스가 나가기 시작하면 중국에 대한 불매운동이나 적대감이 늘어나겠지.'

그 말은 중국의 예속에서 벗어나기 쉽다는 것이다.

그리고 그것만 노린 게 아니었다.

다만 그건 다른 위원들 앞에서 말할 수 있는 게 아니었다.

노형진이 말하다가 갑자기 입을 다물자, 뭔가 눈치챈 박기훈이 슬쩍 입을 열었다.

"일단…… 알겠네. 다들 지친 것 같으니 잠깐 쉬지. 그리고 노 위원은 잠깐 나 좀 보고 가게."

휴식 시간이 되자 다들 분분히 나갔다.

노형진이 대통령을 독대하는 것에 대해 불만을 가지는 사람도 있었지만 감히 항의하는 사람은 없었다.

다들 나가고 비밀스러운 공간으로 자리를 옮긴 후 박기훈은 노형진에게 물었다.

"그렇게 되면 기부금을 빼돌리는 꼴이 아닌가?"

"전부는 아니지만 일부는 가능하겠지요."

박기훈이 이런 질문을 하는 이유는 간단하다.

핵 잠수함이야 둘째 치고 핵 항모는 이미 설계도가 있다. 심지어 엔진까지.

만일 핵 엔진 연구비로 쓴다고 하면 그 기부금은 전액 빼돌려서 다른 데 쓸 수 있다.

"그걸 어디다 쓸지는 각하 마음이지만, 사실 쓸 곳은 정해져 있다고 봐야 하지 않겠습니까?"

"하긴, 그렇지."

박기훈은 그 돈을 개인 계좌로 넣을 사람이 아니다.

아마도 다른 비밀 무기나 방역으로 돌릴 가능성이 크다.

"지금 국민들은 중국의 행동에 분노하고 있습니다. 그러니지금 기부금을 모은다고 하면 못해도 몇천억은 모일 겁니다."

사실상 침략을 당한 상황이다.

물론 그동안 중국이 계속 자기 땅이라고 주장했다지만 그건 어디까지나 중국 주장일 뿐이다.

"한국의 성격상 이 상황에서 현 정권을 타도하자고 하지는않을 겁니다. 물론 자유신민당은 무조건 그렇게 몰아가려고하겠지만요."

"하지만 그게 먹힐 리가 없지."

다른 것도 아니고 한국의 영토가 침략당한 상황이다.

"유명한 영화 대사 중에 이런 말이 있지요. '화해를 주장하는 놈이 있을 것이다. 그놈이 배신자다.'."

일단 침략당한 상황에서 박기훈을 공격하면 자연스럽게중국과의 화평으로 이야기가 흘러갈 수밖에 없다.

"그 말은 이어도를 중국에 넘겨주자는 소리밖에 안 됩니다."

중국이 과연 점령한 이어도를 돌려주려고 할까?

아니다. 분명 이번 기회에 꿀꺽하려고 할 것이다.

"음……."

하지만 박기훈은 왠지 불편한 얼굴이었다.

"압니다. 돈을 다른 곳에 쓰는 건 아무래도 국민을 속이는 느낌이겠지요. 하지만 대통령의 자리에는 환상만으로 앉아 있을 수 없습니다."

"후우…… 알겠네."

그 말에 박기훈은 결국 고개를 끄덕거렸다.

노형진의 말이 맞으니까.

"아, 그리고 한 가지 드릴 말씀이 있습니다."

"뭔가?"

"중국인 노동자 문제, 이번에 손보셔야 합니다. 아니, 이 경우는 법을 손본다기보다는 단속 시스템을 손봐야겠군요."

"노동자라니? 뜬금없이? 스파이 문제 때문에 그러나?"

노형진의 말에 박기훈은 고개를 갸웃했다.

"그런 부분도 있습니다. 아시겠지만 스파이 문제도 심각합니다. 아마 이번 일로 대대적으로 핑계 삼아 감사해야 할 겁니다."

중국인 근로자가 있는 기업을 대대적으로 감사하면 불법 고용뿐만 아니라 온갖 위법 사항이 튀어나올 것이다.

"설마 이것도 개혁의 한 방향이란 말인가?"

"맞습니다. 사실상 중국이 침략한 거니까요."

"그건 생각을 못 했군."

개혁을 위해서는 감시가 필수다. 하지만 감시를 좋아하는 기업은 없다.

"하지만 중국 스파이 색출이라고 하면 이야기가 달라지지요."

전쟁만 안 했다 뿐이지 한국의 영토를 점령한 건 중국이니까.

"그리고 다른 이유도 있습니다. 사실 이게 주요 목표입니다만."

"다른 이유?"

"중국인 노동자들로 인해 경제에 악영향이 미치고 있다는 건 아십니까?"

"알지."

모를 수가 없다.

사실 이건 아주 고질적인 문제다.

국가의 돈은 국내에서 돌아야 한다.

하지만 그들이 번 돈은 한국이 아닌 해외로 간다. 정확하게는 중국으로 대부분 넘어간다.

"어떤 정치인이 그러더군요. 인구가 줄어서 사람이 부족하면 중국인을 데리고 오면 되는 거 아니냐."

"나도 그 말을 들었네. 어이가 없어서 진짜."

국민은 단순한 노동력이 아니다. 국가의 기틀이자 기반이다.

그런데 그들이 없으니 중국인을 데려다 국민을 만들자?

그 말은 중국에다가 한국을 가져다 바치자는 소리다.

"정치인들과 경제인들의 관념이 딱 그 정도 수준입니다."

중국인을 데려다가 싸게 부려 먹자.

"코델09가 터지면 어떤 일이 벌어질 것 같습니까, 각하?"

"일자리…… 문제가 터지겠군."

어렵지 않게 예상할 수 있는 일이다.

경제는 멈출 테고, 돈의 흐름은 막힐 테고, 먹고살기 위한 돈은 부족해질 것이다.

"그리고 상당수 한국 사람들이 직장을 잃을 겁니다."

당장 국민들은 돈이 없어서 일가족이 동반 자살해야 할 판국인데 중국인 노동자들은 돈을 벌어서 해외로, 정확하게는 중국으로 송금할 것이다.

"문제는, 중국인 노동자가 너무 부족해져도 안 된다는 겁니다."

"그게 무슨 소리인가?"

"중국인 노동자들이 우리 국민들의 일자리를 빼앗는 건 사실입니다. 하지만 반대로 중국인 노동자들이 채우고 있는 일자리도 있습니다."

아주 작은 공장이라든가 아니면 농촌의 경우는, 사실상 그런 외국인 노동자가 없으면 아예 운영 자체가 불가능한 상황이 된다.

실제로 그런 자리는 한국인들도 기피하며 아무리 자리가

있다고 해도 가려 하지 않는다.

"으음……."

경제 문제는 정치인에게는 가장 중요한 요소이기 때문에 박기훈은 자신도 모르게 신음을 흘렸다.

"코델09가 본격적으로 돌면 결국 중국인 노동자도 부족해질 겁니다."

"그런데 중국인 단속을 하라는 건 이율배반적인 말이 아닌가?"

"굳이 노동자가 중국인이어야 할 이유가 있습니까?"

"응?"

"인도부터 동남아 그리고 아프리카 등, 가난한 나라는 많습니다. 그들은 한국에 오고 싶어도 못 옵니다. 한국에서 산업 연수로 받아들이는 그들의 숫자는 너무 적습니다."

한국에서 필요한 외국인 노동자의 숫자는 수십만 명이다.

그런데 그렇게 연수생으로 받아들이는 노동자의 숫자는 고작 수천 명 수준이다.

"그렇다 보니 노동력이 부족한 쪽에서는 가장 가까이에 있는 중국 인력을 쓸 수밖에 없습니다. 사실상 우리나라의 입국 시스템 자체가 중국인에게 특혜를 주는 상황이고요."

대표적인 예가 바로 조선족에 대한 영주권 지급이다.

부모나 조모 중 한 명이라도 한국인이라면 영주권이 나가는데, 그걸 받아서 활동하는 사람들은 중국에서 자라서 중국식 교육을 받은 중국인이지 한국인이 아니다.

"솔직히 말씀드리면 현재 한국의 노동시장은 중국에 거의 잠식되어 있습니다. 만일 그들이 중국의 사주를 받아서 사보타주라도 행한다면 무슨 일이 벌어지겠습니까?"

"설마……."

"설마라고 하기에는 공산당의 권력이 너무 강합니다. 여기서 일하는 사람들이 원해서 사보타주를 하지는 않을 겁니다. 하지만 중국에 있는 가족의 목숨을 인질로 삼아서 요구한다면요?"

"……."

"미국의 스파이들이 대부분 그런 식으로 포섭되었다는 이야기는 들으셨죠?"

확실히 그랬다. 처음부터 스파이였다기보다는 중국 정부의 압력으로 스파이 노릇을 해야 했던 사람이 많았다.

"더군다나 현재 대한민국의 다문화 정책도 문제입니다."

"다문화 정책? 여기서 그 이야기가 왜 나오나?"

"한국에서는 수년째 다문화 정책을 내놓고 있지요. 하지만 툭 까고 말해서 다문화 정책이 아니라 중국인 우대 정책입니다."

"그게…… 그렇기는 하지."

한국에 있는 대부분의 외국인이 중국인이니까.

어쩔 수 없이 자연스럽게 중국인 우대 정책으로 가 버린다.

"그러니까 노동 인력의 공급선을 다양화해야 한다는 겁니다."

인도나 아프리카 그리고 동남아 등등. 그렇게 함으로써 사실상 노동인구가 중국에 종속된 형태를 벗어나야 한다는 게 노형진의 계획이었다.

"하지만 가난한 나라의 사람들은 도주해서 몰래 일하려고 한다고, 안 된다고 하던데?"

"누가요? 중국은 안 그런답니까?"

중국인 중에도 그런 자들이 있다. 조선족 우대 정책은 있지만 순수 중국인 우대 정책은 없으니까.

"다 똑같습니다. 차라리 그런 면에서의 안전을 위해서는 다른 나라 사람들이 더 낫습니다."

"응? 어째서?"

"중국인과 한국인을 구분하는 것보다는 아프리카인과 한국인을 구분하는 게 쉬우니까요."

도망간다고 해도 그들은 눈에 띄기 쉽다. 당연히 단속이나 여러 면에서 편하다.

"그리고 한국의 국제적 발언권을 위해서라도 그게 좋습니다."

"국제적 발언권?"

"가령 가난한 아프리카의 나라에서 매년 2만 명씩 노동자를 데리고 온다면 그 나라는 한국에 어떤 태도를 취하겠습니까?"

"그렇군. 우리의 우방이 되겠지."

뭘 해도 한국 편을 들어 줄 거다.

"중국의 일대일로와는 다른 형태가 되는 거죠."

중국의 일대일로는 자기들이 모든 걸 다 먹는 형태지만 한국은 그들과 협력하는 형태가 되는 셈이다.

"국제 관계에서는 약소국이라고 마냥 무시할 수 있는 게 아닙니다."

국제 관계에서 모든 나라의 표가 동등하게 취급되진 못하지만 약한 나라들도 뭉치면 무시 못 할 세력이 된다.

"더군다나 그들은 한국에서 일하는 동안 이곳에서의 생활에 익숙해지겠지요."

"그런데?"

"그러면 돌아갔을 때 그들의 삶이 만족스러울까요?"

한국에서 나름 깨끗한 방과 풍부한 수도 자원을 즐기던 사람들이 아프리카에 돌아간 후 움막과 수 킬로미터를 걸어서 물을 떠야 하는 현실을 맞닥뜨리면 과연 만족스러울까?

"그들은 한국에서 충분한 돈을 벌었으니 그 돈으로 환경을 살기 좋게 꾸미겠지요. 그리고 그 자식들은 충분한 교육을 받을 테고요."

"미래의 지식인 계층이라는 건가?"

"맞습니다."

그들을 관리하면서 지속적으로 키운다면 장기적으로는 한국에 유리한 국제 시스템이 만들어지는 거다.

"하루 생활비가 2천 원, 3천 원 하던 사람들에게 한국에서 가지고 가는 수천만 원은 모두의 인생을 바꿀 수 있는 기회입니다."

노형진의 말에 박기훈은 솔깃한 얼굴이 되었다.

"그리고 그들과 손잡고 그 나라의 일을 해 주면서 그 돈을 다시 한국으로 가지고 온다?"

"그런 나라는 교육 시스템이나 건설 시스템도 제대로 되어 있지 않을 테니까요."

그러면 그 돈은 자연스럽게 한국으로 회수되는 셈이다.

한국인들 먹여 살리기도 바빠 죽겠는데 그걸 중국에 퍼 줄 수는 없다.

"하지만 그게 쉽나. 물론 단속 인원을 늘릴 수야 있겠지. 하지만 멀쩡한 노동자들을 쫓아내면 불만을 가지는 사람이 한둘이 아닐 텐데?"

"그래서 지금이 적기라는 겁니다. 국제적인 봉쇄가 시작되면 중국으로 귀국하려는 사람이 많아질 테니까요."

실제로 원래 역사에서, 중국에서도 코렐09가 기승인데 한국에 있으면 죽는다고 허둥지둥 돌아간 게 중국인들이다.

"그런 상황에서 추가 입국만 막는다면 자연스럽게 노동시장이 중국의 손아귀에서 벗어날 수 있게 될 겁니다."

"추가 입국을 막는다라……. 하지만 무슨 수로? 마땅한 이유 없이 막는 것도 좀 그런데."

"이 분위기에서 입국 심사에서 공식적으로 교묘한 질문을 넣는다면 어떨까요? 가령 '이어도는 어느 나라 땅입니까?'라는 질문 같은 거 말입니다. 그게 너무 노골적이라면 '한국의 법을 준수하고 한국의 이익을 우선시하며 한국 내에서 어떠한 범죄도 일으키지 않겠습니까?' 정도의 질문만 넣어도 나쁘지 않겠지요."

"……!"

당연히 그 질문에 중국인은 대답해야 한다.

그리고 입국 심사에서 통과되어 한국에 일하러 들어왔다?

"중국과 당을 배신한 사람이라는 의미죠."

당연히 중국으로 돌아가면 집중 감시 대상이 된다.

그리고 만일 중국을 편든다면?

"입국 거부하면 그만이지요."

그 질문에 대해 중국은 뭐라고 할 수가 없다.

왜냐하면 한국의 땅을 먼저 침범한 것은 중국이니 한국은 중국인 입국자들을 확인할 수밖에 없으니까.

"코넬09도 코넬09지만 일자리도 지켜야 합니다. 어떻게 보면 그게 우선입니다."

한국은 회귀 전에도 나름 코넬09를 잘 막았다.

하지만 굳어 버린 '돈맥경화', 즉 말라 버린 돈은 한국의 경제를 계속해서 갉아먹었다.

"그리고 중국 입장에서는 한국에서 귀국한 사람들에 대한 감시 시스템도 추가로 만들어야 하겠지요."

그 자체가 중국에는 부담이 될 것이다.

"나중에 중국과의 관계가 나아진다면 뺄 수도 있겠지만, 지금은 합당한 질문입니다."

하긴, 세상에 적성국의 국민들을 무차별적으로 받아 주는 나라는 없으니까.

"그런데 왜 아까는 그런 이야기를 안 한 건가?"

"자문 위원들이 누구한테 돈을 받고 있을 것 같습니까?"

"……."

과연 자문 위원들에게 대기업이 접촉하지 않을까?

자문 위원들이 한 말을 기업에서 아는 것 자체가 정보이자 미래를 결정할 결정적 키워드가 된다.

그리고 기업들이 돈을 주면서 그와 관련된 자문 위원의 언행을 통제할 수도 있다.

"솔직히 말해 보죠. 만일 이런 계획을 이야기한다면 자문 위원들이 동의할까요?"

"할 리가 없군."

그들은 기업의 입장에서 판단할 테고, 당연히 기업의 이익을 위해 절대 안 된다고 할 것이다.

"노동자가 부족하면 인건비가 오르는 건 당연한 겁니다."

하지만 한국은 그러한 상승분을 중국인 노동자를 통해 억누르고 있다. 그 상황에서 과연 기업이 중국인 노동자의 진입을 막는 법을 동의해 줄까?

"으음……."

"물론 어느 정도 기업과 좋게 지내야 한다는 건 동의합니다. 하지만 그것과 별도로, 코델09로 인한 생존 문제는 전 국민의 목숨이 달려 있는 일입니다."

전 세계의 극단적인 자국 우선 정책이 눈앞에 닥쳐왔다.

"무슨 뜻인지 알겠네. 어차피 중국과는 돌이킬 수 없다 이거로군."

"돌이킬 수 없다기보다는, 이대로 당하면 영원히 끌려다닐 거라는 겁니다."

그 말에 박기훈은 고개를 끄덕거렸다.

"바로 알아보도록 하지."

생존을 위해서는 일단 싸워야 한다는 걸, 그도 어렴풋하게 느끼고 있었다.

삼중 함정

정부에서는 빠르게 움직였다.

그리고 어느 순간 갑자기 이어도를 점령하고 있던 중국 북해 함대가 슬그머니 뒤로 빠져나갔다.

"연락이 오지는 않았지만 뭐, 대충은 알겠군."

중국의 북해 함대에 위협을 느낀 한국이 미국에 핵 배치를 요구한다는 소문을 내자 핵무기가 옆에 배치되는 꼴은 피하고 싶었던 중국 입장에서는 조용히 자국 함대를 빼는 수밖에 없었을 것이다.

아무리 그들이 이어도의 소유권을 주장한다고 해도 주장하는 것과 그곳을 점거하는 것은 전혀 다른 문제니까.

주장은 단순 분쟁이지만 점거는 전쟁이다. 설사 그게 사람

하나 살지 않는 무인도이자 암초 지대라고 해도 말이다.

"뭐, 일단 그 문제는 둘째 치고."

노형진은 다음 계획을 준비할 생각이었다.

정확하게는 정부가 아닌 자신이 복수를 시작할 생각이었다.

"우리가 매일같이 당하고 살 거라고 생각하는 건가?"

중국은 이 상황에서도 여전히 코넬09의 한국설을 계속 주장하고 있었다.

문제는 일부에서 그런 말이 먹히고 있다는 것이다.

정확하게는 한국이나 중국이나 더러운 아시아 놈들인 건 똑같다는 분위기가 만들어지고 있었다.

"같이 죽자 이거지?"

노형진은 이를 뿌드득 갈았다.

"그렇다면 진짜 죽는 게 뭔지 알려 주도록 하지."

노형진은 바로 핸드폰을 들었다.

사실 이 방법은 최후의 수단이라 가능하면 쓰지 않을 생각이었다.

ㅡ네, 미스터 노.

전화를 걸자 그 너머에서 들려오는 로버트의 목소리.

노형진은 그런 그에게 차갑게 말했다.

"로버트, 중국에 구입해 둔 마스크와 소독 관련 공장 시설을 빼세요. 모든 공장 시설은 다른 나라로 옮기겠습니다. 일단 1차분은 한국으로 옮기고, 2차분은 인도로, 3차분은 유럽이나 다른 나라로 보내도록 하겠습니다."

—…….

그 말에 로버트는 침묵을 지켰다.

한참을 침묵을 지키던 로버트는 다시 한번 물었다.

—미스터 노, 정말입니까? 중국에 있는 마스크와 방역 관련 장비 공장들을 전부 다른 나라로 옮기실 생각이라고요?

"네, 맞습니다."

—하지만 미스터 노, 상대는 중국입니다. 필요하다면 공장 같은 건 얼마든지 만들어 낼 수 있습니다. 솔직히 말씀드리면 효과가 별로 없을 가능성도 있습니다.

"압니다. 마스크를 만드는 데에는 별로 기술력이 필요하지 않으니까요."

마스크 모양을 잡는 거야 그다지 중요한 기술이 아니다.

마스크에서 가장 중요한 건 폴리프로필렌으로 만드는 멜트블론이라는 물건이었다.

멜트블론은 쉽게 말해서 아주 미세한 구멍으로 공기를 통과시키면서 정전기 효과를 이용해 세균과 미세 먼지를 잡아내는 필터다.

"마스크를 찍어 내는 기계야 뭐, 쉽게 만들 수 있겠지요. 하지만 멜트블론을 뽑아내는 장비를 만드는 것은 그렇게 쉽지 않습니다."

물론 현대에 와서는 주문하면 만들어 주기는 한다.

"하지만 지금 그런 장비를 만들 수 있는 공장은 풀가동 중일 텐데요?"

─하긴, 그렇군요. 마스크를 만드는 장비는 작지만 멜트블론을 만드는 장비는 크지요.

그래서 그만큼 생산량이 많지만 그런 장비를 만들 수 있는 공장은 그다지 많지 않다.

게다가 마스크라는 게 쓰는 사람만 쓰는 물건이다 보니 매년 소비량이 거의 고정되어 있어서 마스크 시장에서는 신규 대형 업체 같은 게 발생하지 않는다.

"돈을 몇 배 준다고 해도 중국에서 마스크를 사 갈 수는 없을 겁니다."

그럴 수밖에 없는 게, 노형진이 현재 있는 모든 공장들을 구입한 데다 멜트블론을 만들 수 있는 장비를 제작하는 업체들에 족히 3년 치 생산량을 이미 주문해 두었고, 멜트블론 업체도 80% 이상 구입하거나 평시 기준 5년 치 분량을 주문해 둔 상태이기 때문이다.

물론 비상 상황에 들어가면 업체들도 다급하게 생산량을 늘리려고 하겠지만 한계는 명확하다.

3년 치 생산량이라는 것은 일반적인 기준이니 아무리 빠르게 만들어 봐야 그걸 만드는 데 1년 6개월은 걸릴 것이다. 과연 그사이에 다른 나라들이 주문을 안 할까?

당연히 미친 듯이 주문할 거다.

그리고 노형진과의 계약이 끝나면 일단 자국 내 주문부터 충족하려고 할 게 뻔하다.

즉, 사실상 노형진은 중국으로 공급될 수 있는 마스크 필터 관련 루트는 다 막아 둔 셈이었다.

더군다나 계약 조건도 돈 몇 푼에 혹해서 넘어갈 그런 수준이 아니었다.

생산량의 우선권을 확보해 주는 조건으로 무려 기존 비용의 50%를 더 주기로 했고, 그걸 어기고 다른 곳으로 빼돌리는 경우 그 즉시 계약을 파기하며 손해배상으로 주문한 양의 백 배에 달하는 배상금을 주기로 계약했었다.

무려 50%나 더 준다고 하니 이상함을 느낀 극히 일부를 제외하고는 대부분 계약을 했다.

'그리고 중국의 관련 업체들은 98% 정도 넘어왔지.'

시중가의 50%를 더 준다는 말에 업체들은 죄다 장비와 기업을 넘겼다.

그런데 노형진이 그 기업과 장비를 해외로 빼낸다면 중국의 마스크 생산 능력은 98% 이상 감소될 수밖에 없다.

'내가 구입한 게 마스크 업체만도 아니고.'

소독 관련 업체와 치료에 필요한 산소기 생산 업체 그리고 방역복 관련 업체들까지 모조리 쓸어 담아 둔 상황.

노형진이 그런 업체를 다른 나라로 옮겨 버리면 중국은 맨몸으로 코텔09와 싸워야 할 것이다.

'아니면 오질나게 비싼 돈을 주고 사 가든가.'

전자보다는 후자겠지만, 어쩌겠는가?

한국에 똥칠한 건 그들이고, 한국은 명예를 되찾기 위한 돈이 필요했다.

"현 시간부로 모든 공장과 재료의 이전을 시작하겠습니다."

─미스터 노, 아시겠지만 중국에서 가만두지는 않을 겁니다. 물론 미스터 노의 계획은 알겠습니다만 비상 상황에 중국이 과연 호락호락할지……

로버트가 우려하는 목소리로 말하자 노형진은 당연하다는 듯 말해 줬다.

"물론 내주지 않으려고 하겠지요. 어느 정도는 빼낼 수 있겠지만 나중에 가면 아마 일부는 못 빼낼 겁니다."

─그러면 어떻게 할까요?

"냅 두시면 됩니다."

─냅 두라고요?

"그 자체도 함정이니까요."

그것도 중국의 현 상황을 전 세계에 까발리게 될, 아주 깊은 함정이었다.

⚖

"뭐? 지금 뭐라고 했어?"

"마스크 공장들이 줄줄이 폐쇄되고 있습니다. 마스크 공급량이 터무니없이 부족합니다."

"아니, 왜?"

샹량핑은 당혹스러운 얼굴로 물었다. 그러다가 곧 분노한 얼굴로 말했다.

"이 새끼들이 사재기하는 거야?"

사실 현재 마스크가 턱없이 부족해 각 마스크 공장에서는 어마어마한 폭리를 취하고 있다.

하지만 상황이 상황인 만큼 어쩔 수가 없었다.

마스크 하나 구하지 못해서 폭동이 일어나는 곳도 있을 지경이니까.

"그게 아닙니다. 말씀드린 것처럼 공장들이 줄줄이 폐쇄되고 있습니다."

"이런 반역자 새끼들을 봤나. 아무리 돈이 좋기로서니."

"돈 문제가 아닙니다. 알아봤더니 마스크 공장 대부분이 미국과 유럽의 회사에 인수되어 있었습니다. 지금 중국에 남아 있는 마스크 회사는 채 2%도 되지 않습니다."

그 말에 샹량핑은 얼굴이 딱딱하게 굳었다.

이건 진짜 예상하지 못했던 일이니까.

애초에 마스크 공장 따위는 돈도 안 되는 작은 기업이라 공산당에서도 관리 대상조차 되지 못하는 곳들이다.

그런데 그런 곳들이 죄다 외국계 회사라니.

"무슨……. 언제부터?"

"족히 3년 전부터 하나씩 구입된 듯합니다."

"그걸 몰랐다고?"

"넘어간다고 해도 여기서 계속 마스크를 생산했으니까요. 그런데 지금 그게 중요한 게 아닙니다. 조사 결과 마스크 생산 업체와 주요 방역용품 공장 70% 이상의 장비가 이미 해외로 반출되었습니다."

"뭐? 무슨 말도 안 되는 소리야? 그걸 지금까지 몰랐다는 게 말이 돼?"

"그게…… 그쪽에서는 생산하는 족족 우리 쪽에 보내 줬으니……."

생산량을 초과해서 보내 주는 양이 있으니 공장의 장비가 뜯겨 나가고 있을 거라고는 중국 정부도 생각하지 못했을 것이다.

하지만 노형진은 이미 예상하고 있던 일이기에 1년 전부터 초과근무를 시켜 가면서 마스크를 생산해서 계속 보냈고, 중국 정부 입장에서는 공장에 문제가 없다고 볼 수밖에 없었다.

즉, 갑자기 마스크가 줄어서 확인해 보니 공장은 사라지고 건물은 텅 비어 있고 장비는 이미 해외로 빠져나간 후인 것이다.

물론 마스크 재고도 거의 없는 상황.

"이이익……."

그 말에 샹량핑은 눈이 돌아갔다.

그런데 그런 그에게 위생부 담당은 더 비참한 말을 했다.

"그게…… 문제가 더 있습니다."

"더? 무슨 문제가 더 있다는 거야?"

"병원과 방역에 사용해야 하는 소독용품을 만들 수 있는 대부분의 공장이 사라졌습니다."

"……!"

"심지어…… 시체 가방을 만들던 공장마저도……."

그 말에 샹량핑은 자신도 모르게 주먹을 꽉 쥐었다.

현재 중국이 지옥 입구에 서 있다는 걸 직감적으로 알아차린 것이다.

⚖

노형진은 중국에 있던 위생 관련 공장들을 모조리 싹 구입하다시피 했다.

중국 정부는 전혀 신경 쓰지 않고 있다가 그 장비들을 다 털린 상황이고, 이제 봉쇄는 형주뿐 아니라 주변 도시로 점점 더 빨리 퍼지기 시작했다.

"확실히 회귀 전보다 속도가 빨라."

회귀 전에는 부족하기는 하지만 그래도 마스크는 생산할 수 있어서 어찌어찌 쓰고 다녔는데, 이제는 그마저도 귀해져

서 중국 정부에서 물자를 관리하는 상황이 되어 가자 질병이
제대로 통제되지 않는 것이다.

"슬슬…… 중국 정부에서 움직일 시간이 되었는데."

노형진은 중국의 세 번째 도시 봉쇄 소식을 뉴스로 보면서
혀를 끌끌 찼다.

이제 슬슬 다른 국가들도 난리가 나기 시작했다.

중국에서는 세 번째 도시가 봉쇄되었고, 다른 나라에서는
확진자가 발생하기 시작한 것이다.

중국에서 철저하게 감춘 탓에 한국을 제외한 다른 나라들
은 아직 심각성을 모르는 판국이지만 슬슬 자국에서 사망자
가 나오면서 위험하다는 걸 조금씩 느끼고 있었다.

"흠, 다른 해결책을 찾았나?"

노형진이 고민하는 그때 로버트로부터 전화가 왔다.

─미스터 노, 중국에서 장비의 반출을 막았습니다.

"역시 그렇군요."

─예상했던 대로 흘러가는군요.

중국이 바보도 아니고, 이 상황에 주요 장비들이 해외로
모조리 반출되면 자신들의 땅에 어떤 지옥이 펼쳐질지 잘 알
고 있었다.

당연히 어떻게 해서든 장비들이 해외로 나가는 걸 막으려
고 할 게 뻔했다.

"현재 중국에 남아 있는 장비는 얼마나 되죠?"

－많지는 않습니다. 구입량의 20% 이하입니다. 장비를 분해하고 선적하지 못한 것까지 포함하면 10% 이하입니다.

사실상 중국의 방역용품 물품은 평시의 10% 이하다.

평시라도 이 정도라고 하면 심각한 문제인데, 지금 같은 상황에서는 중국 정부에서 발끈하지 않을 수가 없다.

"그렇군요."

－그러면 어떻게 할까요?

"당연히 항의해야지요."

장비의 소유권은 노형진, 아니 노형진이 세운 유령 기업들에 있다.

그리고 그 유령 기업들은 해당 장비를 해외로 반출하려고 하는 상황이다.

중국 입장에서는 그걸 막아야 하고 말이다.

"이제 슬슬 다른 나라들도 위협을 느끼기 시작할 테고."

이탈리아의 경우는 중국 다음으로 지옥문이 열린 상황이었다.

그럴 수밖에 없는 게, 이탈리아는 친중국 정부가 권력을 잡고 있어서 어마어마한 숫자의 중국인들이 중국과 왕복하면서 일하고 있었다.

더군다나 이탈리아는 중국의 일대일로에 적극적으로 가담한 국가였다.

"소송을 거세요. 저쪽에서 공장을 돌리지 못하도록 해야 합니다."

─소송한다고 해서 과연 돌려줄까요?

"돌려주지 않아도 상관없습니다. 어차피 돈은 부족하지 않게 벌 테니까요."

한국만 해도 마스크 가격이 미친 듯이 뛰고 있다.

원래 마스크는 평상시 장당 800원 정도였다.

하지만 벌써 4천 원을 넘었고, 조만간 5천 원을 넘게 된다.

'한국은 그나마 나은 거지.'

나중에 가면 한국에서 장당 1만 원이 넘게 된다. 그럼에도 불구하고 못 구해서 난리다.

미국 같은 경우는 한 장당 10만 원이라는 터무니없는 가격이 붙게 된다.

그럼에도 불구하고 한국은 그나마 사정이 나은 게, 중국과 상관없이 꾸준한 수요가 있어 자체 마스크 공장에서 어느 정도 수급이 가능했다.

그에 비해 해외, 특히 미국이나 유럽 쪽은 마스크는 아픈 사람만 쓴다는 개념이 강해서 아예 마스크 공장 자체가 거의 없다시피 해, 대부분의 마스크 필요량을 중국에서 수입했다.

"당분간은 전 세계에서 돈을 다 긁어모을 겁니다. 그러니까 돈 걱정은 하지 마세요. 손실도 신경 쓰지 않으셔도 됩니다. 중요한 건 중국을 견제하는 겁니다."

─알겠습니다. 그런데 소송을 건다고 해서 과연 중국에 타

격이 갈까요? 아, 물론 위생적인 부분에 타격이 가기야 하겠습니다만.

"저는 위생적인 문제로 타격을 가하려는 게 아닙니다."

ㅡ그러면요?

"아마 보시면 알게 될 겁니다, 후후후."

⚖

얼마 후 로버트는 대리인을 통해 중국에 해당 마스크 관련 시설을 내놓으라는 요구를 했다.

이미 장비 포장은 모두 마쳐 선적만 하면 끝나는 상황이었다. 그러니 반출 허가를 해 달라는 것이었다.

"절대 그럴 수는 없습니다, 재판장님."

물론 중국 정부에서는 당연히 그걸 허락할 수가 없었다.

"해당 물품은 중국 정부의 자산입니다."

"무슨 소리입니까? 그 장비들은 중국이 아니라 저희 기업의 자산입니다. 그리고 해당 자산은 벌써 오래전에 구입해 둔 상태입니다."

실제로 코넬09가 터지기도 훨씬 전에 계약해 둔 게 사실이라 중국 정부에서 뭐라고 하기에는 한계가 있었다.

"하지만 해당 장비는 우리 인민들의 생명이 달려 있는 물품입니다. 지금 같은 긴급 상황에서······."

"긴급 상황요?"

그 말에 마이스터 측 변호사는 중국 측 변호사에게 되물었다.

"지금 긴급 상황이라고 했습니까?"

"그렇습니다. 지금 같은 긴급 상황에서 해당 물자는 당의 명령에 따라 징발 대상입니다. 이런 경우 정부에는 해당 물자를 징발할 권한이 있습니다."

공산당 측 변호사의 말에 마이스터 측 변호사는 담담하게 물었다.

"어떤 면에서요?"

"네?"

"지금 중국의 공식적인 발표에 따르면 하루 사망자가 서른 명 이하입니다만?"

"……."

"확진자는 하루 1천 명 이하고요. 안 그런가요?"

그 말에 공산당 측 변호사의 눈동자가 흔들리기 시작했다. 그리고 지켜보던 다른 사람들도 의문을 가졌다.

"그러니까 긴급 상황도 아닌데 왜 징발하죠?"

노형진이 노린 함정이 바로 그거였다.

사실 어떤 나라든 비상시에는 민간기업의 물자를 징발할 수 있는 법이 있다.

중국뿐만 아니라 한국, 미국 등 정상적인 국가라면 당연히 있는 법이다.

지금 중국 정부는 그걸 핑계로 해당 물자의 징발을 중국의 법원에 요구하고 있는 거다.

'하지만 긴급 상황이라고 볼 수가 없다는 게 문제지.'

상황이 긴급하지 않은 게 아니다.

사실 어마어마하게 긴급하다.

하지만 중국은 그동안 통제 중이라고, 별일 없다고, 현재 중국은 멀쩡하다고 계속 거짓말을 해 왔다.

게다가 단순히 그런 거짓말만 한 게 아니다.

중국 정부는 모든 통계를 거짓으로 발표했다.

'마이스터의 이야기에 따르면 중국에서 발표하는 통계는 실제 상황의 100분의 1 이하.'

하루에 백 명도 안 죽는다고 말하고 있지만 사실은 하루에 수천수만 명이 죽는다고 봐야 할 지경이라는 것.

'문제는 소송이라는 거야.'

문제는 이 소송이 중국 내부의 소송이 아니라 해외 기업들과의 소송이라는 거다.

즉, 증거를 제출하면 그 증거는 자연스럽게 해외에 공개된다.

노형진이 노린 게 바로 그거였다.

진실을 말하고 방역용품을 지킬 것이냐, 아니면 거짓을 말하고 방역용품을 포기할 것이냐.

"현재 코델09에 관련된 상황을 중국 정부에서 통제하지 못하고 있습니까?"

"아닙니다."

"그러면 현재 중국 정부에서 비상사태를 선포했나요?"

"아닙니다."

"그럼 중국 정부에서는 어떤 이유로 해외 기업의 자산을 반출 금지하나요?"

"……."

"더군다나 지금 보다시피 해당 장비들은 이미 반출 허가가 난 상황입니다."

사실 원래 모든 장비들은 반출 허가가 난 상황이었다.

코델09 직전에 허가를 다 받아 놨으니까. 그런데 이제 와서 갑자기 반출이 안 된다면서 막아 버린 것이다.

"그건……."

중국 측의 변호사는 뭐라고 말을 못 하고 입을 다물었다.

사실을 인정할 수는 없지만, 그렇다고 거짓말을 할 수도 없는 상황이라는 걸 알아차린 것이다.

"말씀해 보세요. 도대체 허가받은 장비의 반출을 막은 이유가 뭡니까?"

"당의 결정입니다."

"당이라……."

변호사는 시선을 힐금 돌려서 재판장에게 물었다.

"재판장님, 지금 저 말은 당의 결정에 따라 움직인다는 건데, 중국은 자본주의 질서를 따른다고 하지 않았던가요?"

엉뚱하게 불똥은 재판장에게 튀었다.

그런데 지금 저 말대로라면 중국이 자본주의 시장 질서를 포기한다는 뜻이 된다.

긴급 상황도 아닌데 민간의 물자를 빼앗는다는 것은 심각한 문제다.

"아……."

중국의 변호사는 자신이 빠져나갈 수 없는 함정에 걸렸다는 것을 확신했다.

⚖️

"뭐라고?"

"재판부에서 막을 방법이 없다고 합니다. 일단 긴급 상황이 아니면 반출을 막을 명분이 없다고 합니다."

"지금 당의 명령을 거부한다는 거야?"

"거부가 아니라 현실이 그렇습니다. 법적으로 해당 장비들이 외부로 나가는 걸 막을 수는 없습니다."

막는 방법은 단 하나. 비상사태를 선포하고 법률에 의거해서 해당 물품을 징발하는 것이었다.

"이런…… 씨이입."

그 말에 샹량핑은 머리가 아파 왔다.

그 시각, 영국의 총리실에서는 심각한 회의가 계속되고 있었다.

"지금 뭐라고 했습니까? 의사들이 사용할 마스크와 방역용품이 없다고요?"

"그렇습니다. 현재 마스크와 다른 방역용품들을 구할 수가 없습니다."

"아니, 어째서요?"

"그게…… 지금까지는 대부분의 장비들을 중국에서 구입해 왔습니다."

하지만 중국이 자기들에게 모조리 우선 공급하는 것으로 바꾸자 마스크와 수술용 장갑, 소독약 같은 방역용품을 수입해서 병원에 제공하던 기업이 물품을 구할 수 없게 되어, 병원도 필요 물품을 구할 수가 없게 된 것이다.

"말이 됩니까? 그러면 의사들의 방역은요?"

"심각합니다. 의사들은 공포에 떨고 있습니다. 일부 간호사들은 방역용품을 주지 않으면 일하지 않겠다고 합니다. 더 큰 문제는 그로 인해 대부분의 수술이 멈췄다는 겁니다."

그 말에 영국 총리의 눈동자가 흔들렸다.

"이런 말도 안 되는……."

물론 영국이 중국처럼 터무니없이 코델09가 퍼지고 있는 것은 아니었다.

하지만 의료와 관련해서는 쉽게 생각할 수가 없다.

일단 코델09가 확진되면 무조건 병원으로 가기 때문이다.

그리고 조사 결과, 코델09의 감염 속도는 터무니없는 정도를 넘어서 경악스러운 정도였다.

그런데 정작 병원에 방역용품이 없다?

"어떻게 해서든 구하려고 노력 중입니다. 그나마 다행인 건 한국에서 의료 관련 방역용품에 한해서는 어느 정도 기증해 줄 수 있다는 답변이 날아왔다는 겁니다."

"오!"

그 말에 총리의 얼굴이 환해졌다.

중국은 한국의 얼굴에 통칠을 하려고 했지만 노형진은 이미 한국에 어마어마한 양의 방역용품을 쌓아 둔 상태다.

그러니 다른 나라의 의료 시설에 지원할 정도는 된다.

"다행이군요."

"그런데 총리 각하, 가장 큰 문제는 그게 아닙니다."

"또 뭡니까?"

사실 영국은 마스크 쓰는 것에 대해 상당히 보수적인 나라다. 심지어 총리조차도 병원에서 마스크는 필수지만 일상생활에서는 필요 없다고 생각하고 있었다.

물론 '아직은'이라는 조건이 붙어야겠지만.

"중국에 우리 방역 장비들이 모두 묶여 있습니다."

"뭐요? 그게 무슨 말입니까? 우리 방역 장비들이 다 묶여 있다니?"

"알고 보니 영국 회사인 그린세이프티라는 회사가 중국에서 다수의 방역 장비 공장을 운영했다고 합니다."

"그래서요?"

"비상 상황이 닥치자 해당 회사에서 중국에 있는 장비들을 본국으로 수송하려고 했다고 합니다."

"바른 일이네요."

바른 일이다. 누구나 그렇게 생각한다.

비상시에는 남이 아닌 자신을 우선시해야 한다.

하물며 지금 영국은 의료용 마스크조차도 구하지 못하는 상황.

그런 상황에서 생산 시설을 중국에서 영국으로 옮기는 것은 나라에 큰 이익이 될 일이다.

한국에서 급한 물량을 도와준다곤 하지만 천년만년 기댈 수는 없는 노릇이니까.

"그런데 중국 정부에서 반출을 막았다고 합니다. 심지어 반출 허가까지 이미 받았는데도요."

"뭐요?"

그 말에 총리의 눈썹이 꿈틀했다.

"그게 무슨 말입니까?"

"말 그대로입니다. 중국 정부에서 어떠한 이유도 대지 않고 장비의 반출을 막았다고 합니다."

"어떤 이유도 없이?"

"그렇습니다."

"이놈들이……!"

마스크나 다른 생산 물품의 반출 금지? 그건 이해가 간다. 상황이 상황이니 당연히 자신들이 우선일 테니까.

하지만 공장 장비는 이야기가 다르다.

일단 소유권은 영국의 기업이 가지고 있는 거고, 반출 허가까지 이미 받은 상황인데 말이다.

"법적으로 문제는 없고요?"

"전혀 없다고 합니다."

"당장 중국 대사를 불러서 조치하세요."

"네?"

"분명 영국 기업의 자산입니다. 그걸 중국에서 왜 이래라저래라 한단 말입니까?"

이렇게 코델09는 국제 관계에 조금씩 금이 가게 만들고 있었다.

⚖

"영국에서 강력하게 항의했습니다. 자국 기업 소유의 장비 반출을 막지 말라고요."

"끄응……."

그 말에 샹량펑은 자신도 모르게 신음을 냈다.

하긴, 이렇게 될 거라는 것쯤은 알고 있었다.

그도 귀가 있고 눈이 있다.

더군다나 전 세계에 퍼진 스파이들로부터 코델09가 전 세계로 번지고 있다는 소식도 들었다.

그러니 영국 총리가 화가 나서 이런 말을 하는 것도 이해는 간다.

"그걸 보내면 장비를 구할 수 있나?"

"안 됩니다. 지금 일선 병원에서는 마스크를 죄다 재활용 중입니다. 이미 마스크를 공급할 방법이 없습니다."

"공장을 세우는 건?"

"마스크 공장 자체는 불가능하지 않습니다만 마스크용 필터 공장이 없습니다. 해당 공장 장비들은 대부분 해외로 반출된 상황입니다. 지금 소송 중인 물량이 사실상 중국 땅에 남아 있는 전부입니다."

"주문생산은?"

"해당 장비를 생산하는 업체에 문의해 본 결과, 현재 주문량이 2년 이상 밀려 있다고 합니다."

"2년?"

"네. 그마저도 스물네 시간 3교대로 돌렸을 때나 가능한 이야기라고……."

"미친……."

결과적으로 장비들이 이대로 반출되면 중국은 정말 질병으로 멸망할 수도 있다는 소리다.

"그리고 WHO 총장에게서 연락이 왔습니다."

"무슨 연락?"

"일이 과해서 아무래도 돈이 더 필요할 것 같다고……."

"죽여 버리고 싶군."

중국은 오랜 시간 전 세계 지도자들에게 돈을 주고 지배하려고 했는데, WHO도 그중 하나였다.

실제로 회귀 전에는 WHO에서 팬데믹 선포를 늦추는 바람에 결국 방역에 실패한 가장 큰 이유를 제공하게 된다.

"주석 각하, 가장 큰 문제는 묶여 있는 장비들입니다."

"……."

"선적을 막고 소송 중이기는 하지만 그걸 가동시키는 건 전혀 다른 문제입니다."

당원의 말대로 지금 장비들은 이도 저도 못한 채 소송 중이지만 실제로 그걸 가동시켜 물품을 생산하는 건 전혀 다른 문제다.

사실 이렇게 항구에 묶어 두고 있어서 해외로 나가는 건 막았지만 그렇다고 생산이 이루어지는 것도 아니라서, 중국 입장에서는 결국 아무런 도움도 안 되는 건 마찬가지였다.

"인민들, 아니 병원에 공급할 양이라도 감당하려면 당장 공장을 돌려야 합니다. 더군다나 군대도 문제입니다."

"군대…… 끄응…… 그렇지."

중국의 인민 해방군은 중국이 아닌 공산당 소속이다.

그들은 현재 당의 명령에 따라 도시를 봉쇄하고 사람들을 통제하고 있다. 돌아다니면서 사람들의 움직임을 막고 있고 말이다.

그들은 현재 봉쇄된 도시에서 계속 움직이고 있는 것이다.

"군에 제공할 마스크가 없습니다."

사실상 그 도시에는 코델09가 가득 차 있다고 봐야 한다.

그런데 그런 곳에서 일하는데 마스크도 없다?

인민 해방군 내에서 얼마나 많은 희생자가 나올지 알 수가 없다.

더군다나 군대라는 특성상 모여서 생활을 하고 있으니 문제는 더욱 심각할 수밖에 없다.

"마스크를 구입할 수 있는 곳은?"

"없습니다. 현재 그나마 가능한 곳은 한국뿐입니다만……."

"한국?"

"그렇습니다. 한국은 재고가 충분해서 해외 병원들에 긴급 지원을 해 주고 있다고 합니다. 우리에게도 필요하다면 지원해 준다고 했습니다."

"……."

그 말에 샹량펑은 욕이 절로 튀어나오는 기분이었다.

얼마 전까지만 해도 그들을 공격하는 척하면서 시선을 돌리고 동시에 이어도를 빼앗으려고 했다.

그런데 그로 인해 한국이 미국의 핵을 배치하려고 한다는 정보에 어쩔 수 없이 함대를 빼야 했다.

그건 중국 입장에서는 최악이니까.

이런 상황에 한국에 손을 내미는 건 이만저만 창피가 아니다.

인민들의 목숨보다는 자신들의 자존심이 더 중요한 샹량핑 입장에서는 그걸 선택할 수 없었다.

"거절해. 한국에 도움을 요청하는 순간 우리 사정이 드러나니까."

잘 관리하고 있다고, 별거 아니라고 말했으면서 사실은 의사에게 줄 마스크도 못 구하고 있다며 도와 달라고 하다니, 그런 창피가 어디 있단 말인가?

"그러면……."

"방법은 하나뿐이지. 해당 자산을 압류하고 국유화한다."

항구에 묶여 있는, 방역용품을 제작할 수 있는 모든 장비를 빼앗는 것. 그게 샹량핑이 선택한 카드였다.

⚖️

-미스터 노, 큰일 났습니다!

노형진은 자고 있다가 다급하게 온 전화를 받고는 멍한 정신을 차리기 위해 머리를 흔들었다.

"잠시만요……. 잠시만……. 머리 좀 감고요……."

그리고 화장실로 가서 찬물을 머리에 들이부었다.

그러자 남아 있던 잠이 순식간에 사라졌다.

"무슨 일입니까?"

ㅡ중국에서 우리 장비에 대한 국유화를 선언했습니다.

"역시 그렇게 되는군요. 뭘 그렇게 놀라십니까? 이렇게 될 거라는 걸 아시지 않았습니까?"

노형진은 머리의 물기를 털어 내면서 말했다. 그러고는 심호흡했다.

"중국으로서는 거의 유일한 방법이겠지요."

반출을 막는 것과 생산을 하는 것은 전혀 다르다.

결국 방역용품은 필요한데 공장은 없고 기계는 소송 중이다.

징발할 수도 없는 상황이라면 결국 중국이 살아남기 위한 선택지는 하나뿐이었다.

바로 국유화.

국유화란 간단히 말해서 누군가의 재산을 강제로 국가의 재산으로 만드는 걸 의미한다.

물론 그런 게 쉬울 리가 없다.

애초에 그것은 자본주의를 무시하는 행동이다.

'그리고 나라에서 국유화를 시작한다면 그건 여러모로 안 좋은 선택이지.'

국가의 자산을 파는 거야 자본주의 세계에서 종종 있는 일이지만, 반대로 개인의 자산을 국가에서 빼앗는 건 극히 드문 일이다.

"지금 중국에 남아 있는 자산이 얼마나 되지요?"

─많지는 않습니다만, 이제는 가지고 올 방법이 없습니다.

"중국에서는 국유화하면서 얼마나 준다고 합니까?"

─아직 발표가 나지 않았습니다. 하지만 제대로 된 가치를 매겨 줄 리가 없지요.

"그건 그럴 겁니다."

국유화는 두 가지 방식이 있다.

하나는 국가에서 정당한 가격을 주고 해당 자산을 받아 내는 거다. 그런 경우라면 문제가 되지 않는다.

말이 국유화지 사실상 국가가 거래의 대상이 될 뿐이니까.

하지만 다른 국유화, 즉 강탈은 다르다.

국유화 결정을 하고 고지한 후에는 당연히 돌려주지 않는다.

적당한 값어치? 그게 말장난인 게, 국유화 결정 이후에 적당한 자산 가치를 판단하는 게 바로 국가다.

가령 공장의 가치가 10달러라고 나라에서 판단하면 공장의 규모와 상관없이 무조건 10달러만 주고 끝이다.

물론 이렇게까지 극단적이지는 않겠지만, 그렇다고 해서 제대로 된 값어치를 인정해 주지도 않는다.

실제로 한국도 마스크 관련 수출이나 생산을 기업에서 통제하기는 했지만 그래도 수익은 보장해 줬었다.

'하지만 중국은 그럴 놈들이 아니지.'

결국 그들이 자산을 사유화할 거라는 것쯤은 알고 있었다.

그리고 그게 노형진이 노리는 세 번째 함정이었다.

"해당 물량을 받은 나라들이 어디 어디죠?"

ㅡ미국, 영국, 프랑스, 호주, 덴마크 같은 나라들입니다.

쉽게 말해서 주요 강대국들이다.

그리고 동시에 코델09 피해가 가장 큰 나라들이며, 물가나
다른 이유로 마스크 공장이 없는 나라들이었다.

"해당 국가들과 손잡고 소송을 시작하세요. 어차피 소송
해도 돌려줄 가능성은 없지만."

ㅡ그래도 계속합니까?

"네. 애초에 제 목적은 마스크 공장 따위가 아닙니다."

노형진의 입장에서 그 손실은 아주 미세하다.

더군다나 해당 장비들은 모두 보험에 들어 있다.

물론 국유화되는 게 과연 배상 대상인지 아닌지는 소송해
봐야겠지만, 손실은 맞으니 아마 배상은 받을 수 있을 거다.

ㅡ중국에서 최악의 수를 선택했군요.

"맞습니다."

세 번째 함정. 그건 바로 국유화다.

기업들이 가장 싫어하는 말 그리고 가장 피하고 싶어 하는
말이 국유화다.

죽어라 회사를 키워 놨는데 갑자기 나라에서 '이제 내 거.'
라고 꿀꺽 삼켜 버리는 걸 좋아할 사람은 없다.

실제로 많은 나라들이 국유화를 시도했었고 그중 대부분
이 경제가 바로 추락했다.

이유는 간단하다. 국유화하는 순간 어마어마한 재산을 빼
앗기는 건데 그런 나라에서 믿음을 품고 사업할 사람이 어디
있겠는가?

일단 국유화되는 기업은 대외 신뢰도가 바닥을 치게 된다.

'그리고 이제 이탈이 가속화되겠지.'

노형진이 노린 게 바로 이거다.

국유화로 인한 이탈 가속화.

방역용품은 사실 중국의 생산품에서 극히 일부일 뿐이다.

하지만 중국은 국유화라는 극단적인 선택을 함으로써 자
본주의 세상에서 이제 사실상 믿음을 잃어버렸다.

'조금이라도 생각이 있는 사람들이라면 그런 멍청한 짓을
하지 않겠지만.'

애석하게도 중국의 정치인들은 그런 생각이 없다.

그냥 힘이 있으면 뭐든 해도 된다고 생각한다.

대표적인 예가 바로 컨테이너를 개조해서 만든 순항미사
일 발사 장치다.

겉으로 보기에는 컨테이너지만 필요한 순간에 내부에 감
춰진 미사일이 나와서 상대방 함대를 공격할 수 있게 된다.

물론 아이디어는 좋다.

하지만 그런 아이디어가 처음도 아니고, 실제로 이스라엘과 러시아는 실전화까지 마쳤다.

그럼에도 그걸 쓰지 않는 이유는 간단하다.

그 순간부터 해당 국가의 모든 민간 선박은 공격 대상이 되기 때문이다.

만일 러시아 민간 선박에서 해당 미사일을 쏘면 그때는 모든 러시아의 민간 선박이 미사일함으로 의심받게 되는데, 그런 경우 제네바협약의 보호를 받지 못한다.

즉, 러시아와 전쟁하는 나라가 의심 선박이라며 무차별적으로 러시아의 민간인 선박을 침몰시킨다고 해도 죄가 되지 않는다는 것이다.

당연히 미사일 컨테이너로 잠깐의 우세는 확보할 수 있겠지만 2차대전 당시의 일본처럼 모든 선박이 침몰하면서 경제적으로 봉쇄될 수밖에 없다.

하지만 중국은 그걸 개발하고, 회귀 전에는 심지어 배치까지 했었다. 결국 쓰지는 못했지만 말이다.

"중국 정부에서는 아마 이번 국유화를 어쩔 수 없다고, 그외에는 절대 그럴 계획이 없다고 발표할 겁니다."

-그럴 겁니다.

"하지만 그런다고 해서 국유화 사실이 사라지는 건 아니지요."

다른 산업 시설은 국유화를 하지 않는다? 그건 눈 가리고 아웅이다.

이미 세계시장에서 중국 정부에 대한 믿음은 사라졌다.

더군다나 대체재가 없는 것도 아닌 상황이다. 노형진이 이미 인도에 공장을 세울 곳을 만들었고 최소한의 교육을 해둔 상황.

장기적으로 본다면 중국보다는 인도가 더 싼 노동시장이라는 건 확실한 사실이다.

'아마 중국의 경제는 심각하게 빠른 속도로 무너지겠지.'

주요 공장들이 이번 사태로 빠져나가기 시작할 게 뻔하다.

문제는 이런 경우 중국 정부에서 시작할 소송이다.

아니, 이 경우는 중국 정부가 아니라 같이 기업을 세운 다른 곳에서 할 짓거리였다.

"관련 소송 준비는 다 끝났습니까?"

ㅡ그렇습니다. 아마 기업들은 생각지도 못한 상황에 아주 많이 놀랄 겁니다.

"결국 우리 경고를 무시한 대가죠."

마이스터는 중국에 투자는 하지만 중국에 기업을 세우는 것은 추천하지 않았다.

즉, 시장으로서의 중국은 인정하지만 생산 기지로서 중국의 안전성에 대해서는 경고해 왔다.

ㅡ그런데 진짜로 공매도하실 겁니까? 한두 기업이 아닌데요.

"할 겁니다. 중국이 어떻게 나올지 아는데 구경만 할 이유는 없지요. 그리고 전 세계를 안정화시키기 위해서는 어마어마한 돈이 필요합니다."

노형진의 경험상 팬데믹 이후에 안정화하는 것은 국가의 힘으로는 한계가 명확하다.

국가의 자산은 예산에서 나오는데, 기업이 도산하고 국민들이 해직된 상황이면 당연히 세금도 없으니까.

결국 누군가는 돈을 돌려야 한다. 그리고 노형진은 그걸 자신이 할 생각이었다.

단순히 착해서가 아니라, 그렇게 하면 개판이 된 세계경제를 자신이 쥐고 흔들 수 있게 될 테니까.

"그러니 일단은 공매도하세요."

─알겠습니다.

로버트는 침을 꼴깍 삼켰다.

인류 역사상 가장 큰 공매도가 될 상황에 그는 왠지 두려움마저 느꼈다.

욕심을 접어야 할 때

중국의 속담 중에 '속은 놈이 잘못이다.'라는 말이 있다.

돈만 되다면 뭘 해도 된다는 중국의 평소 모습을 반영한 속담이다.

중국은 법률상 중국인 파트너 기업이 없다면 해외 기업에 자국 진출을 허락하지 않는다.

자신들의 어마어마한 시장을 믿고 만든 법이고, 실제로 그런 독소 조항에도 불구하고 중국 시장은 매혹적이기에 많은 기업들이 파트너 기업을 선택해 가면서 중국에 진출했다.

사실 이런 조항이 공정하지는 않다.

파트너라고 해서 5 : 5로 투자하는 게 아니니까.

대부분의 경우 파트너 기업이 훨씬 적은 자금을 투자하지만 그래도 법이 있기 때문에 어쩔 수 없이 받아들이는 거다.

중국 시장에서 을은 해외 기업이니까.

대표적인 예가 바로 화이트아웃이라는 게임 회사다.

워낙 크다 보니 전 세계에 널리 알려진 게임 회사인데, 화이트아웃이 신작 게임을 만들어서 서비스를 할 때 황당하게도 중국의 파트너십 회사는 그 게임을 거의 베끼다시피 한 신작 게임을 자신들이 개발했다면서 서비스했다.

물론 그건 거짓말이라고 봐야 한다. 캐릭터 형태, 맵의 형태, 거의 대부분이 비슷했으니까.

즉, 서비스를 위해 미리 제공한 소스를 무단으로 변경해 자신들의 신작 게임이라고 발표한 것이다.

하지만 화이트아웃은 결국 그 파트너 회사와 계약을 끊어내지 못했다. 그들과 계약을 끊어 내면 중국 시장을 잃어버릴 가능성이 크기 때문이다.

그래서 중국의 회사는 어마어마한 갑질을 하는 것으로 유명하다.

하지만 만일 반대라면? 즉, 상대방 기업들이 나갈 생각을 한다면?

"밀레나에서는 뭐래?"

"공장을 이전하겠다고 합니다. 안전을 위해서라도."

"이런 후안무치한 놈들."

밀레나는 프랑스에 자리 잡은 패션 브랜드다.

제법 유명하기도 하고, 명품까지는 아니지만 그래도 고가 브랜드로 인정받는다.

　그런 밀레나는 중국에서 벌어지는 어마어마한 상황, 즉 공장의 폐쇄와 역병의 상황 그리고 최악이라고 할 수 있는 국유화 문제로 머리가 아파 왔다.

　노형진이 시체 가방을 만들던 공장도 외부로 빼 버렸기 때문에 현재 중국에는 시체 가방이나 방역용 방호복을 만들 기업들이 없는 상황.

　그래서 그걸 다른 기업에 강제로 만들게 하려고 했는데, 주로 천을 다룰 수 있는 곳들, 즉 패션 업체들이 세운 공장들이었다.

　공장이 멈추고 작업을 강제하여 사실상 공장을 빼앗기는 상황이 되자 밀레나는 해당 공장을 인도로 빼내겠다고 결정했다.

　여기까지는 일반적인 반응이었다.

　문제는 바로 중국의 파트너 회사였다.

　"밀레나가 나가면 우리 매출이 얼마나 줄어들지?"

　"40% 이상 줄어들 것으로 예상합니다. 역병으로 인해 발생하는 마이너스 부분을 생각하면 60% 이상 줄어들 수도 있습니다."

　그 말에 중국의 기업인 칭런의 사장은 얼굴이 딱딱하게 굳었다.

"절대 밀레나가 중국에서 나가지 못하게 해야 해."

"하지만 이미 그쪽은 결정을 내렸다고 합니다. 우리에게도 파트너십 해제에 관해 통지를 했고요."

"이런 씨발."

칭런의 사장은 이를 뿌드득 갈았다.

이건 정말 심각한 문제다. 자신들과 계약하고 있는 기업들 중에서 밀레나가 가장 크니까.

"더 큰 문제는, 다른 기업들 역시 이전을 생각 중이라는 겁니다."

"뭐? 그게 무슨 소리야?"

"인도에 말입니다, 미싱 학교가 생겼다고 합니다."

"미싱 학교?"

"네."

해외로 나가는 공장들은 대부분 비슷한 조건을 가지고 있다.

첨단 기술보다는 반복적인 노동이 필요한 노동집약적산업이라는 것. 그 대표적인 예가 봉제라고 불리는 패션 업계 업무다.

한국이 못살 때 가장 유명했던 게 바로 그러한 봉제 공장들이었다.

하지만 한국이 잘 살게 되면서 대부분의 봉제 공장들은 해외로 이전한 상황.

"인도 정부가 마이스터와 손잡고 3개월간 봉제 관련 교육을 시켜 준다고 합니다."

"뭐?"

봉제, 즉 미싱은 사실 교육을 따로 하지 않는다.

물론 취업 후 공장에서 교육시켜 주기는 하지만, 그 기간은 아주 짧다.

당연하게도 능숙해지기 위해 필요한 시간이 부족하니 자연스럽게 상품의 질은 하락된다.

그렇기에 3개월간 관련 수업을 받은 사람은 아마도 여기서 3년 이상 일한 숙련공만큼이나 일을 잘하게 될 것이다.

노동은 반복을 통해 익숙해지지만 수업은 단순 반복만이 아닌 다른 것도 알려 줄 테니까.

"안 돼! 그렇게 되면 우리는?"

칭런은 패션 업계와 손잡은 중국 현지 파트너 전문 기업이다.

그런 상황에서 다른 기업들이 빠져나간다면 무조건 망할수밖에 없다.

"……"

"절대 나가는 걸 허락할 수 없어."

"하지만 이미 그쪽에서는 나가겠다고 결정했습니다."

"그렇다면 방법은 하나뿐이지."

칭런의 사장은 이를 뿌드득 갈았다.

"몸만 나가야지."

－중국에서 갑자기 기업 분할 청구 소송이 폭주하고 있다고 합니다.

"그럴 거라고 하지 않았습니까? 중국은 매번 그래 왔는데 지금이라고 달라질까요?"

중국의 시장은 크다. 하지만 그만큼 탐욕스럽다.

중국에 기업을 세우는 경우, 힘이 없는 기업들은 대부분 중국의 파트너 기업들에 의해 공장을 털리고 쫓겨 나온다.

그게 가능한 이유는, 파트너 기업이라고 해 봐야 한정되어 있기 때문이다.

아무나 파트너 기업으로 세울 수 있다면 당연히 작은 기업이나 자기들이 투자한 기업을 파트너로 세울 것이다.

하지만 중국 공산당은 그렇게 호락호락하지 않다.

당연히 그들은 자신들의 입맛에 맞는, 정확하게는 자신들의 입김이 들어간, 그래서 자신들에게 돈을 주는 그런 기업들이 아니면 허가를 해 주지 않는다.

"그리고 지금 기업들이 나가 버리면 파트너 기업은 대부분 파산하게 될 겁니다."

－중국 정부에서 그걸 가만두지는 않을 거라는 거군요.

"정확하게는 중국 공산당이겠지만요. 로버트도 아시지 않습니까, 마이스터에서 왜 중국을 권하지 않았는지?"

-하긴, 알지요.

사업을 같이하다가 사이가 틀어지거나 나갈 경우, 파트너 기업은 중국 정부에 소송을 건다.

대부분의 소송은 중국의 생산 라인과 판매 라인 등에 대한 소유권에 대한 것이며, 중국 공산당의 유력 당원들이 뒤에서 봐주는 만큼 대부분은 파트너 기업들이 그걸 통째로 집어삼킨다.

"한국에는 중국에 갔다가 그런 식으로 당해서 빈손으로 쫓겨 나오는 기업들이 어마어마하게 많았지요."

싼 노동력을 구하러 중국으로 회사를 옮겼다가 소송에서 져서 모든 걸 빼앗기고 자살한 사람이 한두 명이 아니다.

그래서 지금은 한국에서도 중국에 잘 안 가려고 하고, 설사 간다고 해도 한국 공장을 없애지는 않는다.

"이건 중국 정부의 결정이 아니라 당원 개인의 결정으로 나오는 판결이니까요."

물론 그가 공산당의 유력 당원인 이상 답은 나와 있으니 자연스럽게 재판에서 질 거다.

"아마 현재 중국에 남아 있는 대부분의 기업들은 소송을 피하지 못할 겁니다. 물론 안 나오는 기업들도 있으니 그들까지 소송당하지는 않겠지만요."

소송을 건 당사자 입장에서는 손해 볼 게 없다.

자기 돈은 거의 안 들어간 산업체들을 날로 먹을 수 있는 데다가, 그렇게 빼앗은 공장을 이용해서 수출을 해도 되고, 설사 수출이 안 된다고 해도 중국 내수시장은 어마어마한 규모니까.

"더군다나 대부분의 기업들의 디자인과 패턴이 있으니까요."

즉, 그렇게 빼앗은 공장을 가지고 어마어마한 양의 소위 짝퉁을 만들어서 뿌리면 수익을 정산하는 것보다 훨씬 많은 돈을 벌 수 있다.

−단기적으로는 공산당원들에게 이득이 가겠군요.

"어마어마한 이득일 겁니다. 하지만 장기적으로 보면 손해지요."

한두 기업도 아니고 수십 수백 개의 기업들이 그 꼴을 당하면, 과연 어떤 기업이 중국에 공장을 세우고 사업을 하려고 할까?

물론 중국 정부에서는 더 이상의 국유화는 없다고 했다.

하지만 국유화되나 파트너 기업에 빼앗기나, 기업 입장에서 회사를 잃어버리는 건 마찬가지다.

도리어 이렇게 기업을 빼앗기는 경우는 땡전 한 푼 챙겨 나오지 못하니 더 손해다.

물론 그 파트너 회사에 어마어마한 투자를 한 중국의 주요 공산당원들은 신경 쓰지 않겠지만.

"중국에 공장을 가진 기업들의 주식이 대폭락했습니다."

"뭐, 중국의 그런 상황을 대부분은 아니까요."

중국에서는 재판이 아직 시작되지도 않았지만 결과는 이미 나와 있다는 것을 다들 알고 있었다.

그러니 작게는 수천억, 많게는 조 단위의 손실을 볼 게 당연한 기업의 주식은 폭락할 수밖에 없었다.

"아마 중국으로 들어가려고 하는 회사는 당분간은 없을 겁니다."

노형진은 확신했다.

일이 이 지경이 되었는데 그런 기업이 있을 리가 없다.

'덕분에 중국의 힘이 엄청나게 빠지겠어.'

중국은 코델09 와중에 번 어마어마한 돈으로 중국 해군을 무섭게 성장시키면서 주변 국가들을 집어삼킬 계획을 세웠고, 추후에는 미국과 한판 하려고 하기까지 했었다.

하지만 이제 회귀 전 역사와 다르게 대추락의 시발점에 서 있게 되었다.

'물론 완벽하게 막을 수는 없겠지만.'

이것만 해도 많은 것이 바뀐 것이었다.

"이제는 코델09를 막는 게 중요하겠군요."

─하지만 막을 수가 없을 것 같습니다만.

"아마도 그럴 겁니다. 제가 신은 아니니까요."

신이 아닌 이상에야 피해만 줄일 수 있을 뿐이고, 노형진은 그저 최선을 다할 뿐이었다.

샹량핑은 악몽을 꾸는 기분이었다.

어마어마한 양의 투자금이 중국에서 빠져나가고 있었다.

코델09 이후에 투자금이 엄청나게 빠질 거라는 건 그도 알고 있었다.

실제로 원래 역사에서도 그랬다.

하지만 원래 역사에서는, 각 기업과 도시가 봉쇄된 후 돈은 다시 중국으로 돌아왔다. 그 때문에 중국은 역으로 성장할 수 있었다.

하지만 이제는 아니었다.

계속되는 최악의 선택과 소송 그리고 국제 사업 분쟁으로 인해 너도나도 중국에서 자금을 빼서 나가고 있었다.

그리고 최악은 또 있었다.

─중국에서 시작된 코델09는 전 세계를 덮칠 겁니다. 인간이 사는 모든 곳은 코델09가 지배하게 될 테고, 코델09 이전의 세상은 다시는 오지 않을 겁니다. 물론 그 가운데에는 중국이 있을 겁니다. 하지만 이제 세계의 공장으로서의 중국은 끝났습니다. 중국 정부는 기업을 국유화함으로써 자본주의를 부정했습니다. 이제 중국은 자신들이 불리하면 언제든 산업체를 국유화할 겁니다.

마이스터의 분노에 찬 성명서.

그건 샹량핑의 머리를 더더욱 아프게 했다.

"하필이면……."

다급한 마음에 국유화를 명령하기는 했다.

하지만 마음 한편으로는 그래도 별 고생 하지 않고 쉽게 무마할 거라 생각했다.

현실적으로 중국에서도 마스크 같은 방역용품 기업은 작은 기업으로 분류되기 때문이다.

하물며 유럽이나 미국에서 새 기계도 아니고 중국산 중고 기계를 구입하는 놈들이야 뻔한 규모일 거라 생각해서, 국유화의 후폭풍쯤은 어렵지 않게 무마할 수 있을 거라 생각했다.

그런데 상황이 이상하게 돌아가기 시작했다.

갑자기 각 기업들의 이탈이 일어나더니 그걸 막는 와중에 소송이 시작되었다.

그러자 갑자기 마이스터에서 저런 날 선 반응이 튀어나온 것이다.

저들이 갑자기 왜 저러나 싶었는데, 알고 보니 자신들이 국유화한 기업들이 하필이면 마이스터가 투자한 회사들이었다는 것이 문제였다.

"젠장, 다른 곳도 아니고 마이스터라니."

물론 마이스터가 큰 투자회사이고 미국 내에서도 어마어마한 투자금을 운영하고 있다고 하지만, 그렇다고 해서 국가인 중국에 뭐라고 할 수 있는 건 아니다.

아니, 작은 나라라면 그럴 수 있겠지만, 중국은 그들의 말 한마디에 흔들릴 정도로 작은 나라가 아니었다.

하지만 돈이 문제가 아니었다.

마이스터의 뒤에는 미다스가 있었다.

그의 회사인 마이스터는 성공과 실패가 계속 반복되고 있었다.

하지만 미다스 본인의 투자는 공식적으로 실패한 경우가 없었다.

돈보다도 그 믿음이 문제였다. 미다스의 말은 틀린 적이 없으니까.

오죽하면 일부에서는 미다스가 단순히 운이 좋거나 정보력이 뛰어난 게 아니라 예언 능력이 있는 게 아니냐는 말을 할 정도였다.

물론 저 발표는 마이스터에서 했다.

하지만 저 발표의 핵심이 미다스의 의중인지 아닌지 확신할 수가 없었다.

사실 마이스터라는 투자회사에서 자기들이 투자한 회사 몇 개가 국유화되면서 피해를 입었다고 저렇게까지 강한 워딩으로 발표할 이유는 없었다.

'더군다나…… 코델09 이전에도 마찬가지.'

미다스는 수년 전부터 중국에서부터 질병이 전 세계로 퍼져 나갈 가능성이 아주아주 높다고 주장했고, 그걸 막겠다는 이유로 중국의 형주에 바이러스 연구소를 설치했다.

그런데 그 연구소가 중국 정부에 습격당해 자료가 모두 사라지고 폐쇄된 것이다.

그 원한에 연구소의 위치, 심지어 그 근원을 알 수 없는 바이러스성 질병 역시 발생지의 이름을 따 와서 형주코델바이러스라 불렸다.

모든 것이 우연치고는 너무 공교롭다.

문제는 그걸 샹량핑만 알고 있는 게 아니라는 거다.

−지금 발표한 내용은 그러면 마이스터의 의견인가요, 아니면 미다스의 의견인가요?

질문할 수 있는 시간이 오자 어떤 여기자가 가장 먼저 그 질문을 던졌다.

둘 중 어느 쪽이냐에 따라서 시장에서의 반응은 전혀 다르게 나올 수밖에 없었다.

마이스터라면 그저 가능성의 문제일 뿐이지만, 미다스라면 그의 전적상 거의 예언이라고 봐야 할 테니까.

−일단 그 부분에 대해 말씀드리자면 반반입니다.

−반반요?

-그렇습니다. 상당 부분은 저희 팀에서 조사한 결과입니다.

그 말에 샹량핑은 안도의 한숨을 내쉬었다.

그렇다면 단순 예측이라는 거다. 그리고 마이스터의 예측이 아니라면 어떻게든 핑계를 댈 수 있었다.

하지만 발표하는 사람의 말은 아직 끝난 것이 아니었다.

-단순히 미다스의 견해를 듣고 싶으신 거라면, 미다스 씨는 이렇게 말했습니다. 코델09로 인한 미국의 사망자 수는 미국이 2차대전 이후에 겪은 모든 전쟁의 사망자 수보다 많을 것이다.

-…….

그 말에 기자들은 말문이 막혀서 침묵을 지켰다.

끊임없이 질문하는 것이 직업인 기자들조차 섣불리 입을 열 수 없을 정도로 어마어마한 충격이었다.

한참의 침묵이 지나고 나서야 첫 질문을 던진 여기자가 조심스럽게 다시 물었다.

-전 세계에서 말입니까?

-아니요. 전 세계가 아니라 미국에서만 그 정도일 거라고 했습니다. 전 세계에서는 1, 2차대전의 전사자를 합한 것보다 많을 거라고 하시더군요. 가감 없이 전달한다면 이렇게 표현하셨습니다. '만일 사

후 세계가 실제로 존재한다면 아마도 그곳이 사람들로 넘치게 될 것이다. 지금까지 가장 많은 사람을 죽인 무기가 AK소총이었다면 이제 그 타이틀은 코델09로 넘어가게 될 것이다. 세상에 지옥으로의 문이 열렸다.'

기자들은 더 이상 아무런 질문도 못 했고, 뉴스를 보고 있던 샹량핑은 입술을 깨물면서 부들부들 떨 수밖에 없었다.

⚖️

"미스터 노, 너무 겁을 심하게 준 거 아닙니까?"
로버트는 한국에 들어와 있었다.
갑작스러운 건 아니었다. 노형진은 코델09 장기화를 알고 있기에 필수 인원들은 모두 그나마 안전한 한국으로 오라고 했기 때문이다.
"심하게 겁준 거라고요?"
"네. 1, 2차대전 사망자보다도 많이 죽을 거라니요."
1차대전 당시 사망자는 공식적으로 853만 명. 2차대전 당시 사망자는 무려 5,646만 명이다.
그런데 그 두 전쟁의 사망자를 합한 것보다 사람들이 더 많이 죽을 거라니.
"농담이시죠?"

"농담이 아닙니다. 사망자는 아마 1억 명 이상 될 겁니다. 물론 비공식 집계를 포함해서요."

"네?"

로버트의 눈동자가 흔들렸다.

1억 명.

현재 지구의 인구가 77억 명이라고 추측하고 있다.

그런데 그중 1억 명이라는 건, 자신이 아는 누군가 한 명은 꼭 코델09로 죽는다는 소리였다.

"설마요!"

"설마가 아닙니다. 생각해 보세요. 현재 코델09의 사망률은 3%라고 하지요? 조금씩 낮아지고 있다고 하고, 2%로 잡아 보죠. 그러면 백 명이 걸리면 두 명이 죽습니다. 만약 사망자가 100만 명이 나온다면 감염자는 얼마나 될까요?"

"5천만 명……."

"그러면 그 정도 숫자의 감염자가 쏟아져 나온다면 의료 시스템은 어떻게 될까요? 지금 중국의 모습을 보면 쉽게 알 수 있지요."

"붕괴되겠군요."

중국에서는 병원 바닥에 시신이 굴러다니고 있다.

그리고 길바닥에 시신이 넘쳐 나지만, 감염을 두려워해서 누구도 가까이 다가가지 않는다.

'중국만이 아니야.'

조만간 전 세계가 그렇게 된다.

빈국으로 분류되거나 정부의 능력이 되지 않는 나라들, 브라질, 멕시코 등 대형 국가도 길바닥에 시신이 쌓여 가지만 치우지 못한다.

인력도 부족하고 감염을 두려워한 직원들이 도주하는 상황이 벌어지게 된다.

"그리고 미국은 모든 게 극단적인 자본주의입니다. 특히 의료 민영화는 심각하지요."

단순히 구급차를 타고 응급실에 한 번 가는데도 4천만 원 정도의 치료비가 나올 정도로 의료 민영화가 극단적으로 이루어진 나라다.

"아파서 죽을 것 같아도 어디 무서워서 병원에 갈 수 있겠습니까?"

"……."

실제로 미국에서는 아파서 죽을 것 같아도 병원에 잘 안 가고, 진짜 가능성이 없으면 치료 대신에 자살을 선택한다.

그나마 보험이라도 있으면 시도라도 해 보겠지만 보험이 없으면 수십억의 치료비를 직접 내야 하는데 그런 경우 그건 가족의 짐이 되기 때문이다.

그에 반해 깔끔하게 자살할 경우 나갈 돈은 총알값 몇백 원뿐.

"그리고 저 정도 확진자가 나온다면 의료 시스템은 붕괴가 확실해집니다. 현재 전 세계에는 이 정도의 환자를 감당할 수 있는 방법이 없어요. 거기에서 통계의 함정이 나오지요."

코넬09로 인한 사망 판정은 의사가 직접 내려 줘야 한다.

"현재 다급하게 키트를 만들어 내고 있지만 그 검사 키트가 충분할까요?"

산 사람을 검사하기에도 부족해 죽겠는데 죽은 사람을 검사할 리가 없다.

그러니까 일단 죽었으니 화장하게 될 거다.

그런 경우는 그 사람이 코넬09로 죽었는지 아니면 다른 지병으로 죽었는지 알 수가 없다.

그럼 자연스럽게 통계에서 빠진다.

"평소라면 사망 원인을 부검을 통해 알아내겠지요."

가령 길에서 시신이 발견된 경우 평소라면 부검을 통해 이 사람이 질병으로 죽은 건지 아니면 독극물로 죽은 건지 등등을 검사할 것이다.

하지만 코넬09로 인한 사망자가 넘치는 와중에는 그런 짓을 할 수 없다.

그랬다가는 의료진의 감염 가능성이 너무 높아진다.

"그것도 통계에서 빠지겠군요."

"네. 그나마 통계를 낼 수 있는 곳은 한정되어 있습니다."

병원도 들어가지 못하는 상황에서 사망자 수가 제대로 집계될 리가 없다.

집에서 죽고 그러는 경우는 말이다.

당연히 사망자와 감염자는 제대로 구분되지 않을 테고.

"1억 명이 안 죽을 것 같습니까?"

로버트는 그 말을 부정할 수 없었다.

노형진의 말대로 그 정도 감염자가 나오면 의료 붕괴는 확실시된다. 현대 의학은 그 정도 팬데믹을 겪어 본 적이 없다.

그 상황에서는 사망자의 검사도, 심지어 일반인의 검사도 제대로 안 될 거다.

"더군다나 다른 문제도 생각해 봐야 합니다. 의료 붕괴가 이루어지면 심장병을 비롯한 모든 질환은 어떻게 될까요?"

코델09로 인한 직접 사망이 아니라고 해도, 의료 행위가 멈춘 상황에서 긴급수술이 이루어질 리가 없다.

실제로 한국에서도 수술 후 자신이 감염자임을 밝혀서 난리가 난 적도 있다.

그것도 부모에 대한 간이식 수술이었다.

그로 인해 의료진이 감염되고 병원도 폐쇄되고 이식받은 부모도 죽었다.

"인도나 파키스탄, 아프리카 빈국들은 아예 통계도 잡지 못할 겁니다. 제대로 된 병원이나 의사도 없을 테니까요."

문제는 거기는 위생도 제대로 관리되지 않는다는 것.

즉, 선진국보다 코델09가 더 퍼지면 퍼졌지 덜 퍼지지는 않을 거라는 거다.

"그리고 중국은 일대일로 중입니다. 아프리카의 많은 나라들에 중국인 노동자들이 들어가고 또 나오고 있지요."

일대일로. 중국 자본을 이용한 기간 시설 확장 계획.

그 조건 중 하나가 바로 중국인 노동자의 사용이다.

"미친……."

그제야 로버트는 노형진이 한 말이 절대 농담이 아니며 도리어 그 이상이 될 수도 있다는 사실을 알아차렸다.

"1억요? 통계상 빠진 사람들을 다 집어넣는다면 제가 봐서는 2억 이상도 가능합니다."

심지어 조작을 중국만 한 게 아니었다.

일본도 하고 브라질도 했다.

"그러면……."

로버트의 눈에 불안감이 서리기 시작했다.

노형진은 그런 그의 시선을 보고는 피식 웃었다.

이유를 알고 있으니까.

"중국과 가장 가까이에 있는 한국이 가장 위험하지 않겠냐고요?"

"솔직히 말하면…… 네."

"뭐, 틀린 말은 아닙니다만, 한 가지를 모르시네요."

"뭘 말입니까?"

"한국인은 누구보다 중국을 안 믿습니다."

"네?"

"솔직히 말해서 우리가 중국의 현 상황에 대해 설명해 줬지만 다른 나라는 우리를 안 믿었죠?"

"뭐, 그렇지요."

이미 노형진이 상황을 막기 위해 몇 번이나 다른 나라에 설득 작업을 했었다.

하지만 다들 설마 그럴 리가 있느냐며 안 믿었다.

한 국가가, 그것도 중국쯤 되는 강대국이 그런 뻔한 짓을 하지는 않을 거라는 거다.

"하지만 한국은, 길에 가서 한번 물어보세요. 누가 중국을 믿나."

가까이에 있기에 그들에 대해 너무 잘 알고, 그 때문에 도리어 철저하게 방역한 대한민국이었다.

실제로 회귀 전 한국에서 코넬09가 터졌을 때 수많은 외국인 근로자들이나 스포츠 용병들이 본국으로 돌아갔지만, 한국은 안전한 데 반해 자국에서는 하루에 수만 명씩 감염자와 사망자가 발생하자 나중에 뒤늦게 후회하게 된다.

"일단…… 알겠습니다. 뭐…… 미스터 노가 그렇게 말한다면 이유가 있겠지요."

여전히 떨떠름한 표정이었지만 로버트는 고개를 끄덕거렸다. 실제로 노형진의 말대로 해서 단 한 번도 손해를 본 적이 없으니까.

"그리고 저렇게 겁줘서 사람들이 집에만 틀어박혀 있게 된다면 그것도 나쁘지 않지요.”

욕이야 먹을지 몰라도 그 대신 수많은 사람들의 목숨을 구할 수 있을 테니까.

‘하지만 그렇게 안 되니까 문제지.’

회귀 전에도 노형진 이상의 영향력을 가진 사람들이 집에서 나오지 말라고 그렇게 외쳤지만 대부분은 그 말을 듣지 않았다.

도리어 코델09는 없다고, 코델09는 정부의 거짓말이라고 주장하는 사람도 있었고, 심지어 코델09 반대 시위를 한다고 마스크도 안 쓰고 다니는 나라도 있었다.

‘진짜 어떻게 될지 모르겠네.’

점점 커지는 상황. 노형진이 할 수 있는 건 그저 최선을 다하는 것뿐이었다.

위기는 기회다

역사는 바뀌지 않았다.

형주코델바이러스가 전 세계로 번지기 시작했고 중국의 로비를 받은 WHO는 그 사실을 최대한 감추려고 노력했다.

사건을 축소하고 관리 중이라는, 안전하다는 말을 계속했다.

그리고 형주코델바이러스 또는 코델09라고 불리던 그 상황에서 형주라는 이름이 들어간 명칭을 금지했다.

"웃기고 자빠졌네."

그 상황을 지켜보던 노형진은 혀를 끌끌 찼다.

"뭐가 말인가? 저건 중국에서 로비한 게 아니지 않나?"

그런 노형진의 모습에 박기훈이 의아해하며 물었다.

노형진은 대충 둘러댔다.

"뭐, 그런 이유가 있습니다."

애초에 질병의 명칭에 지역의 이름을 포함시키는 것은 한 지역이나 국가의 이미지를 망칠 수 있다면서 다른 학술 용어로 바꾸자고 한 건 오래된 일이기는 하다.

"중국의 로비는 생각보다 많이 그리고 여러 곳에 들어가 있거든요."

노형진은 한탄하듯 말했다.

'하지만 다른 건 로비했지.'

이번 신종 바이러스는 코델09라는 이름인데, 원칙대로라면 학술 용어로 쓰는 게 맞다. 이미 해당 질병의 발생 이전에 그렇게 약속되어 있었으니까.

'하지만 그 대응이 다르지.'

코델09의 경우, 어떤 단체에서 코델09라는 이름 대신 형주코델바이러스라고 부르면 WHO에서 학술 용어로 부르라며 강력하게 항의했다.

하지만 다른 질병, 가령 미국독감 같은 경우에는 전혀 그런 일이 없었다.

즉, 미국독감은 그냥 미국독감인 거다.

물론 미국독감도 학술 용어가 있지만, WHO는 미국독감이라는 명칭에 대해 사용을 제한하거나 항의하지 않았다.

오로지 중국 하나만을 위해 그렇게 항의하고 이름을 바꾸라고 강요한다.

'뭐, 벌어지기 전 일이니 어쩔 수 없고.'

노형진은 입맛을 다시면서 한숨을 쉬었다.

"그나저나 저를 따로 부르시다니, 큰일이 있나 보군요."

박기훈 대통령은 노형진을 독대하고 있었다.

사실 대통령이 누군가를 독대하는 경우는 아주 드물다. 대통령이 권력의 핵심이라는 점에서 나중에 문제가 될 수도 있기 때문이다.

하지만 다른 사람들을 불러 봐야 다들 말도 안 되는 헛소리만 해 대는 통에 결단을 내린 것이다.

"다른 자문 위원들은 당장 노동시장을 개방하지 않으면 나라가 망할 거라고 하더군."

"노동시장 개방요?"

"그래. 지금 노동시장이 경색되지 않았나?"

중국과 그 난리가 벌어진 후에 대통령은 국민들의 지지를 얻어 중국인 입국자들의 사상에 대한 확인을 확실하게 했다.

단순한 입국 시 질문일 뿐이지만 "중국과 한국 사이에 전쟁이 나면 중국 편을 들겠습니까?"라는 질문에 대한 중국인들의 답은 당연히 정해져 있었고, 그 때문에 중국 노동자들의 수가 급감하면서 국내 기업들이 사람을 못 구해서 난리라고 했다.

"웃기는군요. 지금 한국 내 실업률이 얼마인지나 알고 떠

든답니까? 그리고 지금 이탈리아 꼴을 보면서 뭐 배우는 것
도 없답니까?"

"그건 나도 동감이네. 이탈리아 보면서 진짜 느껴지는 게
없는 건지, 쯧쯧."

이탈리아의 도시 봉쇄.

중국에 이어 두 번째이며 동시에 전 세계 감염의 시작이었
다.

이탈리아는 친중 국가 중 하나로 오랜 시간 중국과 손을
잡아 왔다. 그래서 이탈리아에는 어마어마한 숫자의 중국인
들이 왕복했는데, 그 와중에 코델09가 터졌다.

문제는, 미리 방역했다면 막을 수 있었을 문제를 이탈리아
가 중국을 믿는 바람에 막지 못했다는 것이다.

이탈리아는 중국의 별거 아니다, 감염율도 낮고 사망자도
그다지 많지 않다, 치사율도 낮다는 거짓말을 믿었고, 그냥
지나가는 감기 정도로 인식하고 있었다.

"물론 이탈리아 사람들도 이 꼴이 될 줄은 몰랐겠지요."

하지만 터지고 보니 상황이 돌변했다.

전해 듣기만 할 때는 몰랐는데 당하고 보니 감염률은 중국
이 주장한 것의 몇십 배에, 치사율은 2.8% 정도.

도시 하나가 통째로 감염되는 데에는 일주일도 걸리지 않
았고, 중국에서 벌어진 상황이 이탈리아에서도 벌어지기 시
작했다.

시체를 묻을 관이 부족해지고, 시체 가방이 부족해지고, 장례식장에 갔다가 거기서 감염되어 오는 악순환의 시작.

그런데 이탈리아는 중국처럼 질병을 감추는 그런 나라가 아니기에 통계를 그대로 발표했으나 다른 나라의 사람들은 그 말을 믿지 않았다.

중국이 발표한 것과는 너무 괴리가 있는 상황이니까.

단시간 내에 중국의 사망자와 감염자를 따라잡는 이탈리아를 보면서 다들 말도 안 된다고 생각한 것이다.

"어찌 되었건 자네 덕분에 언론도 날 공격하던 정치인들도 기업들도 다 입을 다물고 있더군."

"사람들은 정치적 미사여구를 좋아하지 않습니다. 정치인들이야 매번 말장난에 익숙하지만요."

당장 지금 한국의 상황이 그랬다.

처음에 2주간의 격리가 시작되었을 때 언론에서는 나라가 망한다, 빨갱이 대통령이 나라를 망치려고 발악한다는 식으로 떠들었지만 박기훈은 코델09가 전 세계로 퍼지는 지금 완전 개방하고 한국을 코델09에 몽땅 감염시키고 싶으냐고 역습을 가했고, 언론에서는 그건 또 정부의 책임이라면서 난리법석을 떨고 있었다.

방역을 하면서 경제를 유지하는 방법은 한계가 명확하다.

하지만 한국 언론은 그걸 대서특필하면서 나라가 망한다, 경제가 망한다고 거품을 물었고, 그래서 어쩔 수 없이 경제와 관련해서 방역을 느슨하게 하면 나라에 질병을 퍼트린다고 떠들었다.

회귀 전에도 마찬가지.

특정 백신에 부작용이 있다면서 입에 거품을 물고 절대 쓰면 안 된다고 반대하다가, 그들이 물고 빨던 백신을 구해 왔다고 하니 또 그 백신도 맞고 죽은 사람이 있다면서 쓰면 안 된다고 다른 백신을 물고 빨았고, 결국 세 번째 백신 생산을 한국에서 허락받아 생산 가능해졌다고 발표하니 그것도 맞으면 죽는다고 별의별 주장을 다 했다.

그러니까 한국 언론의 주장은 방역을 안 하면 안 되고 경제를 몰락시켜서도 안 되며 동시에 백신도 맞으면 안 된다는 소리다.

사실 언론에서 그러는 이유는 당연하게도 돈 때문이다.

돈과 권력이 줄어드는 걸 참을 수가 없으니까.

'한국 언론은 진짜…….'

개혁을 해도 해도 답이 없는 게 바로 한국 언론이었다.

'조만간 기자들 모가지를 한 번 더 날려 버려야겠어. 여전히 똥이 가득하네.'

노형진은 회귀 이전에 있었던 일들을 생각하면서 속으로 분노의 칼을 갈았다.

이런 시기에 언론에서 장난치는 건 사람 목숨이 왔다 갔다 하는 일이다.

방역을 해야 하는데 언론에서는 도리어 그러면 안 된다고, 방역은 가짜라고 주장하면서 혼란을 야기한다.

사망자가 많이 나올수록 그걸 핑계 삼아서 권력을 더욱 강화할 수 있기 때문이다.

"그나저나 자네가 볼 때 이탈리아는 어떻게 될 것 같나?"

"현 이탈리아의 상황을 보면……."

노형진은 쓰게 웃었다.

"조만간 의료 시스템이 붕괴될 겁니다. 도시 봉쇄는 이제 시작일 뿐입니다."

"후우……."

박기훈은 그 말에 긴 한숨을 내쉬었다.

그럴 수밖에 없는 게, 노형진이 이전에 중국 다음으로 난리가 날 곳은 이탈리아라고 말했었기 때문이다.

그런데 노형진이 한 말 그대로의 상황이 벌어지고 있으니 당연히 암담할 수밖에 없었다.

그때, 노형진이 생각지도 못한 말을 꺼냈다.

"그리고 지금이 기회라고 생각합니다."

"뭐? 기회? 자네 미쳤나? 지금 사람이 죽어 가고 있네!"

"알고 있습니다. 그런데 우리가 그걸 슬퍼만 하고 있으면 과연 질병이 피해 갈까요?"

"……"

"전쟁터에서 의사가 가져야 하는 것은 냉혹함입니다. 그리고 지금은 질병과의 전쟁 중이고요."

전쟁터나 긴급 상황이 시작되면 의사들은 환자를 분류한다. 이미 전 세계에서 벌어지고 있는 일이다.

상처가 경미한 자와 중한 자, 그리고 위급한 자와 가능성이 없는 자.

그렇게 분류되고, 상처가 경미한 자나 가능성이 없는 자는 그대로 외면받는다.

1순위가 위급한 자, 2순위가 상처가 중한 자, 3순위가 경미 환자이며 4순위는 그냥 죽기 기다릴 뿐인 것이다.

"의사들이 좋아서 그럴까요?"

그럴 리가 없다.

다만 객관적으로 효율을 따질 수밖에 없다는 것이 문제다.

가능성이 없는 사람에게 매달린 끝에 운이 좋으면 살릴 수도 있다.

하지만 그에게 매달릴 시간과 물자로 위급한 자는 세 배 이상 살릴 수 있고, 중한 자는 열 배 이상 살릴 수 있다.

"잔인하지만 현대 의학의 효율성 문제입니다. 그리고 제가 기회라고 하는 건 이탈리아를 망하게 하자는 것이 아닙니다."

"그러면?"

"반대로 이탈리아에서의 질병을 막고 한국의 힘을 키울 수 있는 기회라는 겁니다."

"이해가 안 가는데?"

노형진의 말에 박기훈은 고개를 갸웃했다.

노형진은 그런 그에게 한 장의 사진을 보여 주었다.

"이게 뭔지 아십니까?"

"이거 인도 공장 지대에 있는 주택 아닌가?"

컨테이너를 개조해서 만들어 둔 주택이었다.

인도 공장에 있는 임시 주택으로, 교육이 끝난 노동자들이 가장 먼저 배치되는 곳이다.

"아닙니다."

"아니라고?"

"네. 내부를 보시면 압니다."

"이건?"

안을 보니 확실히 달랐다.

일단 크기가 주택용 컨테이너보다 훨씬 작았다.

주택용 컨테이너의 크기는 5미터 정도인 데 반해 이건 대략 3미터 정도.

그리고 한쪽 벽면은 통째로 투명하게 처리되어 있었다.

"이게 뭔가?"

"이동형 음압실입니다."

"……!"

박기훈은 그 말에 정신이 번쩍 들었다.

"감염 질병의 방어가……."

"의료 시설이 붕괴되면 가장 필요한 건 음압실입니다."

음압실의 용도는 간단하다. 환자를 격리하고 치료하는 것.

문제는 음압 병동 자체가 그다지 많이 필요하지는 않다는 거다.

대부분의 전염성 질병의 경우 집에서 격리만 제대로 해도 퍼지지 않는 데다가, 공기전염이나 비말전염이 아닌 이상에야 이 음압 병동까지 필요하지는 않다.

하지만 이제 상황이 바뀌었고 전 세계적으로 음압 병동의 수요는 미친 듯이 올라갈 것이다.

"하지만 그렇다고 해서 무조건 음압 병동을 지을 수는 없지요."

건물을 올린다는 건 절대 쉬운 일이 아니다.

더군다나 건물 한 채를 통째로 음압실로 만들 수도 없는 노릇이다.

"하지만 컨테이너라고 하면 이야기가 다르지요."

충분한 격리가 될 테고 음압 장비를 설치하기도 쉽다.

더군다나 이렇게 한쪽 면을 투명하게 만들어 놓으면 굳이 안에 들어가지 않아도 환자의 상태 등을 눈으로 확인할 수 있다.

실제로 확인을 위한 패널이 안쪽이 아니라 바깥쪽에 있어서 환자의 상태를 들어가지 않고 밖에서 확인할 수 있었다.

"거기다 다른 곳과 다르게 내부에 TV 모니터 거치대도 있지요."

"설마……."

"맞습니다. 이미 특허를 내 났습니다."

이미 노형진은 이런 이동형 음압실에 대한 특허를 낸 상태였다.

"이탈리아에 이게 얼마나 필요할까요?"

"못해도…… 만 개 이상은 필요하겠지."

"전 세계에서는요?"

"……."

감도 못 잡을 지경이다.

"이걸 한국에서 생산해서 공급할 생각입니다."

"하지만 생산에 필요한 시간이 있지 않나?"

"이미 알고 있습니다, 1만 개. 제가 이미 생산해 둔 양입니다."

"뭐?"

컨테이너 하나의 가격도 절대 싼 게 아니다.

더군다나 음압 장비까지 설치하려면 가격이 더 올라간다.

이런 음압실형 컨테이너 하나에 못해도 1천만 원은 받아야 수지타산이 맞을 것이다.

물론 대량생산이니 단가가 더 떨어질 수야 있겠지만 그래도 부담되는 건 사실이다.

그런데 그걸 주문도 안 받고 1만 개를 먼저 생산해 났다니.

그렇다면 개당 1천만 원만 해도 무려 천억이라는 돈이 들어가 있는 거다.

"물론 이제 시작입니다. 특허가 저한테 있는 만큼 다른 나라들은 생산을 못 하지요."

"자네는 이걸 이탈리아에 보내 주자는 건가?"

"그렇습니다."

이탈리아뿐만이 아니라 전 세계에서 이런 이동형 음압실에 대한 수요는 어마어마하게 증가할 수밖에 없다.

"물론 공짜는 아닙니다."

그에 맞는 돈을 받아야 하지만, 그렇다고 해서 노형진이 터무니없는 돈을 받을 생각은 없었다.

"만일 실패한다면?"

"실패할 거라고 생각해 본 적은 없습니다."

"하지만 질병이 끝난다면?"

'글쎄요. 그렇게 쉽게 끝날까요?'

애석하게도 코델09는 전 세계에서 어마어마한 피해를 발생시키며 쉽게 끝나지 않는다.

노형진이 비공식 사망자까지 포함하면 1억 명 이상 죽을 수도 있다고 한 게 농담이 아니다.

실제로 코델09 이후 전 세계적으로 인구가 어마어마하게 감소되었다.

"질병이 사라진다고 해서 이게 필요하지 않게 되는 건 아닙니다."

"어째서 말인가?"

"아프리카 같은 빈국들에는 여전히 필요할 겁니다."

어찌 되었건 제대로 된 의료 시설이니, 가난한 나라에서는 어지간한 병원보다 이 시설이 나을 것이다.

"설사 그게 아니라고 해도, 저에게는 이걸 재활용할 방법이 있습니다."

"재활용할 방법?"

"3미터 정도 되는 공간, 딱 1인실로 적당하지 않겠습니까?"

"공장 지대에 두면 된다 이건가?"

"그렇습니다."

하긴, 인도에서는 지금도 사람은 많은데 숙소가 부족해서 난리다. 일부는 가족들과 함께 이주하고 있지만 혼자서 오는 사람들도 많다.

그런 사람들에게 3미터짜리 컨테이너는 생활하기 좋은 공간이다.

"사실 인도의 열악한 환경을 생각하면 3미터짜리 컨테이너는 일가족이 살아가도 남는 공간입니다."

인도에서 빈민들이 살아가는 어지간한 움막보다 훨씬 깔끔하고 안정적이다.

"장기적으로 가족이 다수인 경우에는 5미터, 4인 이하인 경우에는 3미터짜리를 제공할 생각입니다."

말 그대로 잠만 잘 수 있는 공간이지만 인도에는 그런 공간조차 없는 사람들이 어마어마하게 많다.

"그리고 교육 시스템을 인도에서만 쓰라는 법은 없지요."

아프리카 등 다른 빈국들에서도 교육을 실시해 국민들을 노동자로 쓴다면 단가는 더더욱 낮출 수 있다.

"중국의 몰락이 가속화되겠군."

"맞습니다. 그리고 아시겠지만 중국의 일대일로는 그런 빈국들을 대상으로 진행됩니다."

일대일로는 기본적으로 약탈을 우선시한다. 그렇기 때문에 독재자들이야 두둑하게 돈을 챙기겠지만 가난한 국민들은 더더욱 가난해질 수밖에 없다.

"하지만 정상적인 나라라면 국민들의 수익이 늘어나겠지요. 생활환경도 훨씬 나아질 거고요."

교육을 통한 노동자들의 질적 향상. 그건 노형진이 생각해 낸 아이디어였다.

'세상의 현실은 한계가 있지.'

낮은 임금을 찾아서 가는 기업들. 하지만 그들은 노동자를 위한 교육은 하지 않는다.

반면에 투자회사는 가능하다.

그들이 지식을 가지고 업무를 진행하면 효율은 더더욱 높아지니까.

그렇다고 해서 그 교육이 어마어마하게 힘들거나 오래 걸리는 것도 아니다.

노동집약적산업에 대한 교육은 사실 한정되어 있다.

물론 컴퓨터그래픽스 같은 경우는 좀 특수한 교육이 필요하지만 봉제나 단순 생산은 그렇지 않다.

"확실히⋯⋯."

그들에게 더 좋은 일이나 안정된 교육을 제공하면 중국의 세계 공장이라는 타이틀은 약해질 수밖에 없다.

"그런 건 중요하다고 생각합니다. 애초에 인도에 왜 IT 전문가가 많다고 생각하십니까?"

"글쎄? 그건 잘 모르겠군."

그 말에 박기훈은 고개를 갸웃했다.

생각해 보니 전 세계에서 인도가 IT 전문가라는 이미지를 가지고 있는 건 알지만 정작 그 원인은 몰랐으니까.

"간단합니다. 직업의 한계 때문이지요."

"직업의 한계?"

"네."

인도의 카스트제도는 그 신분에 따라 직업이 정해져 있다.

법으로는 카스트제도를 없앴다고 하지만 현실적으로는 아직 남아 있다.

그래서 자신들이 정한 법대로 강제한다.

"하지만 IT 산업은 지금까지 없던 직업이니까요."

"아!"

"인도가 열정이 없는 게 아닙니다. 기회가 없었을 뿐."

한국이 기회를 제공한다면?

그리고 인도의 혈맹이 된다면?

"중국을 확실히 견제할 수 있겠군."

"또한 그러한 방식으로 다른 나라들을 키울 수 있겠지요. 중국이 주장하는 일대일로를 타파하고요."

그러기 위해서는 안정적인 주거가 필수적이다.

그렇다고 그들에게 집을 지어 주는 것은 한계가 명확하다.

하지만 이런 컨테이너라면?

"식사 같은 건 공동 식당을 이용하면 됩니다."

결과적으로 한국의 국제적 영향력은 어마어마하게 커질 것이다.

"자네가 말한 게 이건가, 그 기회라는 게?"

"맞습니다."

세계가 움츠러들겠지만 한국은 세계로 나아갈 것이다.

"그리고 이탈리아가 그 시작점이 될 겁니다."

⚖

이탈리아의 수도, 로마.

문화와 예술 그리고 전통의 도시.

그곳이 지옥이 되었다.

코넬09가 터지면서 시체들이 넘쳐 나기 시작했고 그들을 묻어 줄 장소마저도 부족해졌다.

–제발…… 여기서 꺼내 주세요……. 저는 죽은 동생과 벌써 일주
일째 갇혀 있습니다.

인터넷에 올라온 하나의 영상. 그건 이탈리아 유명 배우의
영상이었다.

그는 자신이 동생 시체와 함께 일주일째 집에 갇혀 있다
고, 꺼내 달라고 울부짖었다.

코델09로 죽은 동생의 장례를 치러야 하건만 정작 그걸 해
줄 수 있는 사람들이 없었기 때문이다.

도시는 봉쇄되었고 구급대원들은 부족해서 난리였다.

다른 사람들보다 많은 관심을 받고 또 돈이 있는 유명 배우
조차도 이 지경이니 일반인들의 고통은 이루 말할 수 없었다.

집에서 죽은 가족의 시체를 치울 수도 없고 밖으로 나갈
수도, 도망칠 수도 없어서 오직 기적적으로 코델09가 자신들
에게 퍼지지 않기만을 기도하는 것만이 이탈리아 국민들이
할 수 있는 전부였다.

"후우……."

이탈리아의 대통령 살바토레 리나는 보고를 받는 내내 머
리를 부여잡았다.

"그러니까, 의료 붕괴가 시작되었다고?"

이탈리아의 병원을 총괄하는 환경위생부 장관의 말에 살바토레 리나는 침을 꼴깍 삼켰다.

예상은 했지만 생각보다 더 빠르게 일이 벌어지고 있었기 때문이다.

"그렇습니다. 사실상 거의 모든 병원이 다 멈췄습니다."

대형 병원은 진즉에 멈췄고, 작은 병원들은 작은 기대를 가지고 몰리는 국민들로 인해 감염이 두려운 나머지 문을 닫아 버렸다.

자연스럽게 사람들은 다시 큰 병원을 향했고, 큰 병원에는 하루에 수백 명의 확진자들이 들락날락하고 있었다.

"의료 시설이 너무 부족합니다."

"……."

"가장 큰 문제는 의사와 간호사의 파업입니다."

"뭐라고? 갑자기 왜? 잘 버텨 왔잖나?"

살바토레 리나는 당혹스러운 감정을 감추지 못하고 되물었다.

"대통령님, 병원에 마지막으로 마스크가 공급된 게 2주 전입니다."

"뭐라고? 마스크가 공급된 게 2주 전이라고?"

"네. 그마저도 지금 재활용을 하고 있는 중입니다. 아니, 재활용 정도가 아닙니다."

가뜩이나 마스크가 부족한데 마스크 도둑까지 기승을 부

리면서, 간호사들과 의사들은 그 재활용하는 마스크를 금고에 넣어 두고 퇴근하는 지경이라고 한다.

처음에는 마스크를 쓰고 출퇴근했는데, 강도가 돈이 아닌 마스크를 빼앗아 가는 바람에 감염 위험을 무릅쓰고 병원 금고에 보관하게 된 것이다.

"원래 마스크는 8시간 사용 기준 일회용입니다."

아무리 좋게 봐줘도 하루 이상 써서는 안 된다.

그런데 그런 마스크를 2주간이나 재활용할 정도로 이탈리아의 상황은 참혹했다.

"마스크를 구할 곳은 없나?"

"없습니다. 우리는 중국에서 마스크를 가지고 오지 않았습니까? 그런데 중국에서 모든 걸 봉쇄했습니다."

"망할 차이니즈."

물론 중국과 친하게 지낸 건 사실이다. 국가 성장을 위해서는 그게 좋다고 생각했으니까.

그런데 그게 나라를 이렇게 파멸로 몰아갈 줄은 몰랐다.

"산소 탱크도 부족합니다."

"산소 탱크도?"

"그렇습니다."

"다른 나라는? 수입은?"

"다른 나라도 불안감을 느끼고 비축을 시작했습니다."

즉, 어떤 나라도 이 상황에서 마스크나 의료용 장비를 주지는 않는다는 소리다.

"간호사들과 의사들도 결국 참다 참다 터진 겁니다."

마스크 한 장을 2주째 쓰고 있고, 방역복은 아예 언제 갈아입었는지 기억조차 나지 않는다.

매일같이 사람들이 실려 오고 또 죽어서 실려 나간다.

"얼마 전 방송에서도 나왔습니다만……."

"말 안 해도 아네. 나도 봤네."

간호사가 생방송에 나가서 울부짖었다.

집 밖으로 나가지 말라고, 여기는 지옥이라고, 당신들이 아무 생각 없이 놀러 다니는 동안 여기에서는 수백 수천 명이 죽어 나간다고.

그 충격적인 모습에 방송 출연자들조차도 아무런 말을 하지 못할 정도였다.

"그런데…… 끄응……."

그런데도 불구하고 많은 국민들이 날씨가 좋다고 외출하고, 기분이 좋다고 집 밖으로 나간다.

대통령이 봉쇄까지 결정했음에도 봉쇄 지역이 아닌 곳에서는 사람들이 모여서 술을 마시고 커피를 마시고 파티를 한다.

"이대로는 나라가 무너질 수도 있습니다."

"군을 동원하는 건 어떤가?"

"그건 군인들을 죽이는 짓입니다."

의사들에게 줄 마스크도 없는데 병사들에게 줄 마스크가

있을 리가 없다.

그리고 돌아다니면 온몸에 바이러스가 묻을 텐데, 그런 경우에 소독할 시설도 없다.

"아…… 신이시여."

살바토레 리나는 비명을 지르고 싶었다.

중국과 전략적 제휴를 했던 자신의 결정을 되돌리고 싶었지만, 이제 와 그럴 수도 없었다.

실제로 회귀 전에 이탈리아는 결국 중국에 질질 끌려다녔다. 중국이 경제 깊숙이 들어와 있어서 그들을 대체할 수 있는 나라가 없었기 때문이다.

"으으으……."

얼마나 많이 죽을지, 그리고 얼마나 경제가 망가질지 그는 감도 잡지 못하는 상황이었다.

다만 이 상황을 어떻게 해서든 넘기고 싶을 뿐이었다.

"그런데 한국 대사관에서 대통령님을 한번 뵙자고 했던 거 기억나십니까?"

"뭐? 나를? 왜?"

"전에 한번 말씀드리지 않았습니까, 한국에서 의사 지원용 마스크와 방어복 등 방역용품을 지원해 주고 있다고."

그 말에 살바토레 리나의 눈이 커졌다.

완전히 잊어버리고 있었으니까.

안 그래도 병원을 유지하기 위해서는 그것들이 필요한 상황이었다.

"그런데…… 그건……."

하지만 다음 순간, 살바토레 리나는 걱정이 피어올랐다.

그럴 수밖에 없는 게, 그 제안을 거절한 데에는 다 이유가
있었기 때문이다.

일단 그 당시만 해도 이 정도로 긴급한 상황이 아니었고,
또 중국에서 그렇게 뻔뻔하고 파렴치한 거짓말을 했을 거라
고는 상상도 하지 않았다.

코넬09, 그 당시에 부르던 이름인 형주코넬바이러스는 조
금 심한 감기 정도라고 생각했고, 실제로 중국에서는 그렇게
발표하기도 했다.

그래서 그런 제안을 듣기는 했지만 기억하지 못했던 것이다.

더군다나 결정적으로 한국이 협조가 가능하다고 한 이후
에 중국에서 한국과 계속 거래하는 건 좋은 생각이 아니라고
살짝 위협했었다.

그래서 한국 대사관의 요청을 철저하게 무시했고, 중국과
전략적 제휴를 한 상황에서 한국의 가치는 그다지 높은 게
아니었기에 완전히 잊어버리고 있었다.

"하지만……."

"대통령님, 무시할 상황이 아닙니다. 지금 마스크가 없습
니다. 의사들마저도 감염되면 큰일 납니다."

의사들이 감염되어 격리되는 경우 문제는 걷잡을 수 없이

커진다.

당연히 그 와중에 일반 질병도 치료하지 못하게 될 테고, 최악의 경우 국가 붕괴로 연결될 가능성 역시 존재했다.

"일단 자네가 한번 만나서 이야기해 봐."

그 말에 환경위생부 장관은 고개를 끄덕거렸다.

사실 대통령이 직접 가서 뭔가 하는 것도 급에 안 맞기는 하다.

그러니 일단 자신이 만나는 게 우선이라고 그는 생각했다.

⚖️

"방역용품이라고 하신다면……."

방역을 담당하는 환경위생부 장관인 페데리코 부폰은 주 이탈리아 한국 대사관을 찾아갔다.

그런데 상황은 그때와는 좀 달랐다.

"저희도 곤란합니다."

"그게 무슨 말입니까? 그때는 지원할 수 있다고 하지 않으셨습니까?"

"물론 지원이 가능하다고 했지요. 그때는 말입니다."

이탈리아에 파견되어 있던 대사인 한종안은 곤혹스러운 표정으로 말했다.

"이탈리아의 상황이 심각한 건 알고 있습니다. 하지만 다른 나라 역시 현재 심각한 감염에 시달리고 있습니다."

이탈리아가 심각한 단계인 건 맞으나 다른 나라라고 깨끗한 건 아니다.

중국에서 시작된 코델09는 이미 전 세계로 퍼진 후였고 그 본모습을 보이고 있었다.

"하지만 다른 나라들이 우리처럼 심각한 건 아니지 않습니까?"

"알고 있습니다, 지금 이탈리아는 주요 도시를 봉쇄할 정도로 심각하다는 걸요. 하지만 저희가 인도적 차원에서 드릴 수 있는 건 의료진을 위한 방역용품뿐이었습니다."

"바로 그게 필요한 겁니다!"

"그런데 저희도 이제 한계에 다다랐습니다."

"네? 그게 무슨……."

"방역용품의 최대 생산국은 다름 아닌 중국 아닙니까?"

마스크에서부터 방역복, 소독제류, 심지어 시체 가방까지, 선진국들에서 이제는 단가가 안 맞아 생산을 포기한 물건은 모조리 중국에서 생산된다.

특히 이탈리아 입장에서는 방역복이나 시체 가방 같은 건 거의 100% 중국산인 게, 이탈리아는 패션으로 유명한 나라이다 보니 차라리 그런 걸 만들 전문 노동자들을 옷을 만드는 데 투입하는 게 훨씬 많이 남기 때문에 아예 공장이 없었다.

"그런데요?"

"방역이라는 게 코델09 때문에 생겨난 개념은 아니지 않습니까?"

병원은 애초에 끊임없이 방역을 해야 하는 공간이다.

하루에도 수백 개의 마스크가 쓰이고, 수천 개의 일회용 장갑이 이용되며, 수만 개의 주사기가 필요하다.

현대사회에서 그런 물품은 대부분 중국에서 생산되어 공급된다. 중국이 달리 전 세계의 공장이라는 타이틀을 얻은 게 아니다.

"그러면……?"

"대부분의 나라에서 지원을 요청해 와서, 그 나라들에 우선 지급된 상황입니다."

"아……."

그 말에 페데리코 부폰은 정신이 아득해졌다.

사실 생각해 보면 당연한 일이다.

그들이라고 마스크를 비롯한 방역용품을 구하려고 노력해 보지 않은 게 아니다.

당연히 방역용품을 못 구해서 몸이 달아올랐던 다른 나라들에서 한국의 제의를 거부할 이유가 없었을 것이다.

"정말 방법……이 없는 겁니까?"

"일단 본국에 알아봐야 합니다만, 아마 재고가 없을 것 같습니다."

"한국은…… 한국은 마스크 같은 방역용품이 충분한 겁니까?"

"일단은 충분합니다."

노형진은 오랜 시간 마스크와 방역용품의 생산에 박차를 가해 왔다.

물론 유통기한이라는 게 있기 때문에 수명이 코앞으로 다가온 물건들도 있지만, 설사 그렇다고 해도 전 세계에서 이런 물건들이 필요한 건 당연한 일.

"그러면…… 얼마가 들어도 좋으니 구입할 수 있을까요?"

"글쎄요. 그건 저도 잘 모릅니다."

"네?"

"방역용품은 기본적으로 저희가 관리하는 게 아니지 않습니까?"

방역용품들은 기본적으로 기업에서 관리한다.

비상 상황에는 정부에서 관리하지만, 아직 대한민국 정부는 그런 비상을 걸지 않았다.

"그러면…… 마스크나 다른 방역용품을 구할 곳이 있을까요?"

그 말에 한종안 대사는 잠깐 고민하더니 조용히 말했다.

"마이스터에 장비가 좀 있을지도 모릅니다."

"장비라니요?"

"얼마 전에 마이스터 한국 공장에서 신형 감압실을 내놨더군요."

"신형 감압실?"

그 말에 페데리코 부폰은 고개를 갸웃했다.

물론 감압실이 뭔지는 안다.

그런데 신형 감압실이라는 건 금시초문이었다.

"아, 마침 카탈로그가 있군요. 이런 겁니다."

대사관은 보통 외교 업무를 하지만 사실 주요 업무 중 하나가 바로 수출의 지원이다.

그래서 대사관에 가면 업체들의 명단과 카탈로그 같은 걸 볼 수 있다.

"한번 보시죠."

"이건? 컨테이너 아닙니까?"

"컨테이너 겸 감압실이라고 하더군요."

컨테이너로 만들어진 감압실을 본 페데리코 부폰의 눈동자가 흔들렸다.

그럴 수밖에 없는 게, 지금 감압실이 무척이나 부족한 상황이기 때문이다.

감압실에 사람을 격리하고 치료해야 하는데 쉬운 일이 아니었다.

일단 가장 큰 문제는 식사와 물 같은 음식의 배식과 화장실의 처리였다.

환자에게 식사와 물을 주기 위해 들어갔다 나올 때마다 누군가는 입은 옷을 벗어서 소각해야 한다.

하지만 방호복이 없는 상황에서 옷을 무작정 태울 수는 없고, 그렇다고 안 태우자니 그 옷에 묻은 바이러스가 퍼질 수도 있는 상황이다.

마스크 한 장, 방호복 한 벌이 아쉬운 상황에서는 그 자체가 어마어마한 부담인 것이다.

"그런데 이건……!"

"보다시피 삼중 차단 칸으로 구성되어 있습니다."

주요 세균 방어 시설처럼 이쪽에서 일단 넣고 문을 닫으면 저쪽에서 받을 수 있다.

그것도 이중도 아니고 삼중이라서, 저쪽에서 음식을 다 먹은 그릇이나 쓰레기를 내놓으면 위에 설치된 살균 장비를 이용해서 소독이 가능하다.

더군다나 환자의 상태를 확인할 수 있는 모니터 패널이 문 밖에도 달려 있어서 굳이 안으로 들어가지 않아도 환자를 충분히 살필 수 있다.

"더군다나 혁신적인 건 바로 이거죠."

한종안 대사는 은근한 목소리로 말했다.

그 역시 한국에서 말한 상황을 이해하고 있었기 때문이다.

'전 세계에 한국의 이름을 널리 알릴 수 있는 기회다.'

실제로 그런 상황이었고, 조국의 이름과 영향력이 강해지는 것은 외교관들이 가장 원하는 일 중 하나였다.

"혁신?"

"여기, 바로 옆에 있는 화장실 칸입니다. 지금 감압실은 화장실이 제일 문제인 거, 아시죠?"

"그건…… 그렇습니다."

애초에 감압실의 목적은 감염을 막은 상황에서 치료하는 거다.

감압실은 말 그대로 실내 압력이 외부보다 낮아 외부 공기가 안으로 들어오는 구조라서, 가벼운 바이러스가 다른 틈으로 나가지 못하게 되어 있다.

그곳에서 나가는 공기는 따로 설치된 살균 장비를 통해 완전히 정화된 뒤 배출된다.

"하지만 가장 큰 문제는 바로 뒤처리지요."

사람은 먹고 마시면 체외로 배출해야 한다. 감압실에 있다고 해서 배출을 안 하지는 않으니까.

하지만 그때마다 누군가 화장실에 들어가서 뒤처리를 해야 한다.

사람의 변은 냄새가 날 뿐만 아니라 썩어서 세균이 발생할 수도 있고, 실제로도 세균 덩어리라서 방치해서는 안 되는 것이 그 이유다.

문제는 출입할 때마다 많은 방역복을 소모해야 하며 그 이후 처리가 엄청나게 복잡하다는 거다.

그러한 물건들은 모두 위험물로 분류되어서 무조건 소각 처리해야 하기 때문이다.

"이건 우주선에서 쓰는 방식을 차용했다고 합니다."

"우주선?"

"모든 변과 오물은 전량 진공 팩으로 봉인됩니다. 그리고 살균 장치가 내장된 내부 탱크에 저장됩니다."

내부 탱크는 외부에서 꺼낼 수 있으며, 그때는 살균 장치를 제외한 다른 부분이 완전 봉인되도록 설계되어 있다.

"그러니까 매일같이 변을 처리하러 들어가는 게 아니라 일정 시간마다 탱크만 뽑아서 그 안에 든 걸 바로 소각 처리하면 된다는 소리죠."

"……!"

그 말에 페데리코 부폰의 눈이 휘둥그레졌다.

안 그래도 인원이 부족하고 간호사들이 한계에 몰리고 있는 상황에 이러한 시스템을 도입하면 그들의 업무량을 확 줄여 줄 수 있다.

물론 이 모든 것은 노형진이 다 겪어 봐서 만든 것이었다.

코델09에 걸리면, 증세가 심한 사람은 목숨도 잃지만 별이상 없이 지나가는 경우도 많다.

그런 사람들까지 다 간병인이 돌봐 줘야 한다면 그 업무량은 실로 어마어마해진다.

하지만 병원에서 만일에 대비해서 격리만 하면서 상태를 보는 경우라면 굳이 간호사가 매달릴 이유가 없다.

그러나 격리 환자의 저런 오물 처리가 어마어마하게 일을 크게 만드는 걸 봤기에 노형진이 그걸 감안하고 개발한 거다.

"지금 격리 시설이 많이 필요하다고 들었는데요?"

"엄청…… 필요합니다. 후우…… 진짜 절실합니다. 그런데 이런 것까지 사야 할지…….”

격리 시설은 엄청나게 필요하지만 도입은 결코 쉽지 않다.

실제로 한국에서도 격리 시설로 인해 많은 고민을 했고, 그건 모든 나라가 마찬가지였다.

사람들은 그냥 방 하나씩 주고 거기서 격리하면 되지 않느냐고 생각했다.

확실히 초기에는 그랬다.

하지만 노형진은 그 부분에 대해 확실하게 이야기해 줬다. 나중에야 알려지는 비참한 진실에 대해 말이다.

그러나 그걸 모르는 페데리코 부폰은 굳이 비싼 돈을 치러 가면서 이런 음압 격리실을 따로 사야 하나 고민하는 눈치였다.

그때 이미 사정을 들어서 알고 있는 한종안이 걱정스럽게 말했다.

“아마 시간이 지날수록 더 많이 필요해지실 겁니다.”

“네? 어째서 말입니까?”

“격리는 보통 집에서 하지 않습니까?”

“그렇지요.”

“그런데 대형 시설들은 대부분 중앙 환기식 아닙니까?”

“그런데요?”

“그러면 그 공기는 어디로 배출될까요?”

그 말에 페데리코 부폰의 눈이 파르르 떨렸다.

지금까지 생각해 보지 못한 부분이었으니까.

실제로 상당히 오랜 시간이 지난 후에야 이 사실이 드러난다. 원인을 알 수 없는 감염이 미친 듯이 쏟아져 나오는데 정작 감염자와 접촉한 경우가 전혀 없었기 때문이다.

하지만 나중에야 알려지는 아파트의 경우, 특히 최신 아파트의 경우는 환기 시스템이 중앙 환기식으로 작동하는 게 문제가 된 것으로 드러났다.

요즘 짓는 건물들은 외관상의 이유와 냉난방 등의 이유로 인해 창문을 아예 안 달거나 달더라도 작게 단다.

그 대신에 강력한 여압 장치를 통해 실내를 환기시킨다.

문제는 그런 건물들은 통로가 하나로 연결되어 있고 그곳으로 한꺼번에 사람이 출입한다는 거다.

대형 아파트나 대형 빌딩, 호텔, 그리고 회사 등등 그런 통합식 환기 시스템을 가지고 있는 곳은 어마어마하게 많았고, 그런 곳의 환기 시스템으로 들어간 바이러스가 건물 전체를 감염시켜 버리는 상황이 발생한 것이다.

"그, 그런……."

이탈리아 역시 어마어마한 숫자의 아파트와 빌딩이 있는 나라다.

그러니 그런 중앙 환기 시스템에 대해 모를 수가 없다.

"단시간 내에 다수가 감염되는 걸 막으려면 이게 절대적으로 필요할 겁니다."

현대에 와서는 도리어 이런 집중 환기 시스템을 가진 건물이 아닌 곳을 찾는 게 더 어려워졌다.

그래서 실제로 한국에서도 굳이 오래된 정부 건물을 격리 시설로 따로 확보했고, 일본은 오래된 호텔을 격리 시설로 사용하다가 그게 무너지는 사태가 벌어지기까지 했다.

"하지만 우리에게는 돈이 없습니다."

이탈리아는 패션과 관광의 나라다.

하지만 이런 전염병 창궐 와중에 패션과 관광이 무슨 소용이 있단 말인가? 누구도 오지 않고, 누구도 이탈리아 상품을 사지 않는데.

"그건 제가 어쩔 수가 없는 일이네요. 일단 자리는 주선해 드릴 수 있습니다만."

페데리코 부폰은 결국 유일한 기회가 그것뿐이라는 걸 알고는 자신도 모르게 신음했다.

"으음…… 마스크와 방역용품 그리고 감압식 컨테이너라……."

⚖️

-가능은 할까요?

페데리코 부폰의 전화를 받은 노형진은 씩 하고 속으로 웃었다.

'가능만 하겠어?'

소문만 안 났을 뿐이지 현재 한국에는 어마어마한 양의 마스크가 쌓여 있다.

노형진은 한국에 있는 마스크 공장도 구입할 수 있는 대로 구입해서 최대한 생산했고, 중국에서 생산한 물량도 최대한 가지고 들어왔다.

아마 평시 기준이라면 10년도 넘게 쓸 수 있는 양일 것이다.

'문제는 그게 언제까지 갈지 알 수가 없다는 거지만.'

한국뿐만 아니라 전 세계에서 방역용품이 부족한 상황.

족히 2년은 준비한 마스크와 방역용품이지만 단 몇 개월 안에 소진될 거라는 것쯤은 예상이 어렵지 않았다.

하지만 그럼에도 불구하고 마냥 쌓아 둘 수는 없었다.

어차피 마스크 부족 사태는 한국의 경우는 얼마 가지 않을 테니까.

중요한 건 이 상황에서 최대한 병을 막는 것.

"가능은 할 겁니다. 하지만 먼저 허락을 받아야⋯⋯."

─네? 허락이라니요?

"얼마 전에 긴급 수출제한 조치가 들어갔습니다. 정부의 허락이 없으면 마스크나 방역용품은 수출하지 못합니다."

─네? 그게 무슨 말입니까? 긴급 수출제한이라니요!

"전 세계적으로 팬데믹이 오고 있으니까요."

물론 실제로 WHO에 의해 팬데믹 선포가 이루어지는 건 아주 나중 일이다.

그러나 중국의 로비를 받고 그런 선포를 하지 않는다고 해서 현 상황이 팬데믹이 아닌 건 아니다.

　－일단 한국 정부와 이야기해서 도움을 받아 보겠습니다.

　"네, 그러면 연락 부탁드립니다."

　노형진이 전화를 끊으면서 씩 하고 웃자 옆에 있던 김성식이 쓴웃음을 지었다.

　"그런 거짓말을 해도 되나?"

　"거짓말은 아니지요. 조만간 실제로 마스크 통제를 해야 하니까요. 그때 가서 갑자기 '더는 마스크 수출이 안 될 것 같습니다.'라고 해 버리는 것보다는 이게 훨씬 나을 겁니다."

　"마스크 통제?"

　"네. 아마 조만간 공문이 내려올 겁니다."

　"갑자기 그게 무슨 소리인가? 마스크는 왜?"

　김성식은 이해가 안 된다는 듯 고개를 갸웃했다.

　"인간의 욕심은 끝이 없으니까요."

　그리고 노형진은 그걸 그냥 두고 볼 생각이 없었다.

생명 그 이상의 욕심

    마스크는 평시 기준 대략 800원 정도였다.

    비싸 봐야 1천 원 정도.

    한국은 미세 먼지가 많은 날이 아니면 마스크 소모를 그리 많이 하는 나라가 아니기 때문이다.

    하지만 상황이 달라졌다.

    1천 원, 3천 원, 5천 원, 그리고 8천 원을 넘어서 무려 1만 원이라는 가격이 붙은 것이다.

    하지만 1만 원이나 하는데도 불구하고 마스크를 구할 방법이 없었다.

    마스크는 품절 대란이 벌어졌고 그 때문에 사람들은 기겁했다.

"아니, 지금 농담해? 마스크 한 장에 1만 원?"

"어쩔 수 없어요, 지금 물량이 부족해서. 달라고 애원해도 안 들어와요."

"미치겠네. 이게 말이나 되느냐고."

예상대로 한국에도 코델09가 터지기 시작했고 사람들은 공포에 휩싸였다.

중국에서 어떤 일이 벌어지는지도, 또 이탈리아가 어떻게 되는지도 두 눈으로 똑똑히 봤기 때문이다.

당연히 사람들은 공포에 질려서 마스크를 구하려고 했지만 가격은 그야말로 미친 듯이 올라갔다.

"그래서 안 사실 거예요? 이마저도 곧 떨어질 겁니다만?"

약사의 말에 남자는 눈을 찡그리고는 카드를 내밀었고, 곧 마스크 세 장을 봉투에 담아서 들고 나왔다.

그 장면을 보며 로버트는 혀를 끌끌 찼다.

"미스터 노 말씀대로군요. 마스크가 부족하지는 않을 텐데."

다른 나라라면 모를까, 한국은 절대 부족할 수가 없다.

이미 어마어마한 양의 마스크들이 쌓여 있으니까.

그리고 한국의 마스크 공장의 70%는 노형진이 가지고 있으니까.

"원래 돈 욕심이 나면 인간은 온갖 장난을 치는 법입니다."

사실 노형진은 공장을 풀가동하고 있다.

인원을 새로 고용해서 스물네 시간 공장을 돌리고 있다.

그럼에도 불구하고 시중에서는 마스크를 못 구해서 난리다.

"특히 한국처럼 기형적인 구조의 관리 시스템상에서는요."

한국은 유통 업자가 갑이다. 문제는 그걸 정부에서 제대로 통제하지 못한다는 거다.

"전에는 계란 한 판에 1만 원씩 했으니까요."

"네? 계란 한 판에 1만 원요? 그 가격이 나옵니까?"

미국의 물가도 비싸기는 하지만 계란이 그렇게까지 비쌀 수는 없었다.

서민들의 단백질 보충에 계란이 필수라고 하는 건 그런 이유다. 가격이 싸니까.

그런데 한 판에 1만 원이라니.

"뭐, 여러 가지 이유가 있지만 결국은 욕심이죠."

계란값 상승의 원인은 조류독감 때문이었다.

한국은 기본적으로 특정 질병이 돌면 그 지역의 해당 동물을 집단으로 매장하는 방식으로 방역하는데, 그 과정에서 닭의 개체가 줄어들면서 어느 정도 가격이 오른 것이다.

"하지만 어느 정도까지는 그게 가능하지만 그다음부터는 장난입니다."

한 판에 2,500원 하던 계란값은 1만 3천 원 이상으로 올랐다.

그렇게 계란값이 불가능한 수준까지 올라 버린 와중에 정부에서는 새로운 법을 만들었다.

바로 계란에 생산 날짜를 찍도록 한 것.

그리고 그 법이 통과되자마자 유통 업자들은 나라가 망한다고, 세상이 망한다고 시위하고, 태극기를 불태우고, 국회와 청와대에 그 비싼 계란을 집어 던졌다.

"아니, 왜요?"

"간단한 겁니다. 그놈들이 장난친 거죠."

가격? 상황에 따라 오를 수 있다.

하지만 그렇게까지 가격이 오를 수는 없다.

계란 유통 업자들이 대량의 냉장창고를 빌려 계란의 유통을 막으면서 결과적으로 어마어마한 가격 상승을 불러온 거다.

"계란을 생산하는 대부분의 양계 업자들은 그런 걸 할 여력이 안 됩니다."

냉장창고를 빌릴 수 있을 정도의 능력을 가진 사람도 많지 않고, 그들은 당장 계란을 팔아야 사료와 기타 필요 물품을 살 수 있다.

하지만 업자들은 여력이 된다.

"한국의 가장 큰 문제는 바로 유통 시스템입니다. 한국은 물가가 높고, 특히 서울은 전 세계에서 가장 비싼 도시 중 하나입니다."

"하긴, 이해가 갑니다. 서울의 물가는 뉴욕과 거의 비슷하더군요."

벌이는 뉴욕만큼 안 되는데 물가는 뉴욕만큼이나 비싸다.

당연히 고통받는 건 국민들이다.

"한국은 이상하게 유통이 기괴하지요."

"전에도 말씀하셨던 거 기억납니다."

생산자보다 유통 업자가 더 많은 돈을 벌 수 있는 구조.

그게 현대 대한민국의 구조다.

물론 적당히 유통업을 하면서 돈을 버는 게 나쁜 건 아니다.

전 세계 어디도 제대로 된 유통망이 없으면 나라가 망하는 건 순식간이다.

"그런데 황당하게도 한국은 유통하는 사람들이 절대적인 권력을 손에 쥐게 됩니다."

노형진은 마스크를 쓰지 못하고 돌아다니는 사람들을 보면서 혀를 끌끌 차며 말했다.

"보세요, 저분들을. 우리가 뿌린 마스크가 부족할까요?"

"그럴 리가요."

매일같이 새 마스크를 쓰지는 못해도, 아예 구하지도 못할 정도로 공급이 모자란 건 결코 아니었다.

아무리 못해도 일주일에 두 번은 마스크를 바꿔 낄 수 있는 양을 지금도 꾸준히 공급하고 있기 때문이다.

"하지만 보다시피 국민들은 대부분 마스크가 없지요."

수량이 부족한 게 아니다.

중간에서 다 장난치고 있는 거다.

"그래서 저는 새로운 방식의 온라인 쇼핑몰을 운영할까 생각 중입니다."

"하지만 이미 온라인 쇼핑몰은 여러 개가 있지 않습니까?"

노형진의 계획을 들은 로버트는 고개를 갸웃하면서 물었다.

한국뿐만 아니라 전 세계에 온라인 쇼핑몰은 어마어마하게 많다.

당장 미국만 해도, 그 유명한 안드로메다도 있고 말이다.

노형진은 그런 로버트의 말에 씩 하고 웃었다.

"맞습니다. 하지만 그건 어디까지나 유통 업자들의 결탁이지요."

안드로메다를 비롯한 모든 쇼핑몰은 기본적으로 업자가 경쟁을 통해 판매하는 방식으로 접근한다.

물론 그게 나쁜 건 아니다.

"하지만 결국 유통 업자가 경쟁하는 한계는 명확하지요."

기존의 유통 업자가 세 명이라면, 그 세 명에 네 번째 업자인 온라인 쇼핑몰이 끼어들어서 서로 경쟁을 한다는 거다.

"물론 경쟁이 있으니 싸게 파는 것도 가능은 합니다. 하지만 시장의 확장성과 더불어서 동시에 가격의 상승은 피할 수 없는 사항이지요."

확실히 그렇기는 하다.

물론 상대적으로 오프라인보다는 쌀 수 있다.

일단 오프라인에 비해 관리비나 유지비가 덜 들어가는 건 사실이니까.

하지만 그렇다고 해서 모든 게 다 완벽한 건 아니다.

실제로 지금 마스크 대란처럼 중간에서 작심하고 장난치는 놈들이 나타나면 고통받는 건 국민들이다.

"당장 배달 앱을 보세요."

"확 와닿는 말이군요."

배달 앱은 어마어마한 수수료를 받아먹고 배달 비용까지 또 나간다.

그나마 노형진이 어느 정도 체계를 잡아 두고 과도한 수익은 내지 못하게 브레이크를 걸었음에도 불구하고 그 지경이다.

"그래서 저는 다른 방식으로 관리할까 생각 중입니다."

"다른 방식?"

"온라인 쇼핑몰이지요. 그것도 생산자, 또는 1차 유통 업자만 가입이 가능한."

"네? 그게 무슨 말씀이십니까?"

"저들처럼 사재기를 하는 걸 막겠다는 겁니다."

마스크가 없는 게 아니다.

노형진이 공급한 마스크를 엄청나게 쌓아 두고 안 팔면서 가격을 계속 올리고 있는 거다.

"직접 판매하시겠다는 겁니까?"

"네, 그렇습니다."

"온라인을 통해서요?"

"네."

"불만이 많을 텐데요."

"솔직히 다른 상황이라고 하면 아마 기존 유통 공룡들을 이기지는 못할 겁니다."

하지만 지금은 상황이 다르다. 그들을 이길 수 있는 가장 강력한 무기가 있다.

'얼마 후면 온라인 쇼핑몰들의 수익이 대거 늘어난다.'

사람들이 집에서 나가지 않고 배달을 시키거나 온라인 주문으로 모든 걸 대체하면서 벌어지는 일이다.

그리고 그렇게 물류를 꽉 쥐게 된 온라인 쇼핑몰들은 온갖 갑질을 시작한다.

단순히 갑질을 하는 정도가 아니라 소송을 통해 잘나가는 업체들의 상표권을 빼앗고 기업을 빼앗기까지 한다.

그런데 그런 업체들은 기본적으로 온라인 쇼핑을 하는 데 특화되어 있다.

반대로 말하면 오프라인 판매는 기대하기 힘들다는 거다.

그걸 해 주던 쇼핑몰들이 기업을 내놓으라고 협박하고 실제로 빼앗기 시작하자, 그들은 말라 죽어 가면서 점점 대기업들에 모든 것을 빼앗기게 된다.

'그렇게 둘 수는 없지.'

사실 선만 넘지 않았다면 노형진도 이렇게 일을 키울 생각은 없었다.

하지만 저들이 먼저 선을 넘었고 자신은 그에 대항할 뿐이었다.

"오늘부터 모든 마스크의 판매를 금지합니다."

"네? 하지만 그러면…….."

"압니다. 대혼란이 올 겁니다. 그 대신에 마스크는 거기에서만 1,500원에 판매합니다."

"1,500원요? 지금 마스크 가격이 1만 원입니다만?"

"그래서 그러는 겁니다. 우리는 마스크를 1,500원에 팔아도 수익이 납니다."

"아!"

지금 마스크는 단순히 안전을 넘어서 생존의 문제다.

그리고 생존의 문제가 앞에 놓이면 사람들은 그나마 구할 수 있는 곳에서 구하려고 난리를 피울 게 뻔하다.

"아시겠지만 그런 곳은 극히 드물지요."

마스크는 유통 업자들이 꽉 쥔 채로 어마어마한 폭리를 취하면서 팔아먹고 있다.

정상적으로 판매하던 사람들은 몰려온 패거리에게 위협을 당했다는 소식도 들려온다.

'내가 그걸 알지.'

원래 역사에서, 정부에서 1,500원에 공용 마스크의 판매를 시작했을 때 시장에는 미친 듯이 마스크가 풀렸다.

한 장에 1만 원 하던 마스크가 갑자기 5~7천 원으로 쏟아져 나왔다.

업계에서는 마스크가 없어서 못 준다고 했는데 길바닥에서는 마스크를 박스째로 팔아 댔다.

'그게 다 어디서 나온 거겠어?'

공장에서? 애석하게도 공장에서는 그럴 수가 없다.

입구에서 아예 상인들이 텐트 치고 자면서 나오는 족족 현금을 주고 사 갔으니까.

결국 업자들이 그렇게 산 마스크를 쌓아 두고 사람 목숨으로 돈을 벌 생각을 했다는 소리다.

'내가 어지간해서는 이렇게까지 하지 않으려고 했는데 말이지.'

중간에서 장난치는 놈들 때문에 사람들이 죽어 나가는 걸 구경하느니 차라리 귀찮아도 직접 파는 게 나았다.

"하지만 미스터 노, 그런다고 해서 그놈들이 쉽게 포기하지는 않을 겁니다. 아시겠지만 인간의 탐욕은 끝도 없습니다."

"알고 있습니다."

노형진은 고개를 끄덕거렸다.

"그러니 법의 힘을 빌려야지요."

⚖️

오광훈은 자신을 찾아온 노형진의 부탁에 고개를 갸웃했다.

안 그래도 요즘 코델09로 인해 검찰 내부도 뒤숭숭한 분위기였다. 그런 와중에 찾아온 노형진의 부탁은 생각도 못 한 것이었다.

"아, 음. 일단 가져다준 마스크는 잘 쓸게. 다른 검사들이랑 직원들이 좋아하겠네. 안 그래도 못 구해서 난리인데. 그런데 부탁할 게 사재기 단속이라고?"

"그래. 네가 사재기 단속 좀 해 줘야 할 것 같다."

"음…… 사재기가 불법이기는 하지. 하지만 단속이 그렇게 쉽지는 않아. 너도 알잖아, 그런 거 사서 쌓아 두면 추적하는 게 쉽지 않다고. 더군다나 마스크나 방역용품은 딱히 상하고 그러는 물건도 아니고."

그러니 전국에 널리고 널린 창고나 알려지지 않은 곳에 컨테이너째로 쌓아 둬도 경찰이 찾아내는 게 쉽지 않다.

"그래서 내가 오프라인 시장은 봉쇄해 놨지."

노형진은 씩 웃으며 말했다.

"오프라인 시장을 봉쇄하다니?"

"우리 쪽에서 오프라인 시장을 막아 놨어. 그래서 이제 오프라인에서는 마스크를 안 팔고 전량 온라인으로만 판매할 거야. 그것도 1인당 5매까지만."

"그런데? 그걸 가지고 사재기 단속을 어떻게 해?"

"이 경우는 사재가 단속에 필요한 게 뭐라고 생각해?"

"음? 모르지."

"주소야."

"응? 주소?"

"그래. 내가 온라인으로만 판매하면, 그리고 장당 1,500원에 팔면 무슨 일이 벌어지겠어?"

"그거야……."

오광훈은 잠깐 생각하다 탄성을 내질렀다. 간단한 문제였으니까.

"사재기한 새끼들은 똥줄이 바짝바짝 타겠네."

"맞아. 정답이지."

노형진이야 오래전부터 어마어마한 양의 방역용품을 쌓아두고 있었으니 원가 부담이 없다지만 지금은 아니다.

전 세계적으로 마스크가 부족한 상황이고 지금 공장 앞에는 업자들이 잔뜩 모여 있다.

"그리고 이 상황에서 공장에서 가격을 올리지 않을 리가 없지."

이건 사재기나 담합이 아니라 시장경제 원리에 따른 당연한 일이다.

사실 노형진은 그런 시장경제 원리까지 뭐라고 할 생각은 없었다.

"그걸 사재기해서 싹쓸이하는 놈들이 문제라는 거야."

공적 마스크의 가격은 1,500원.

물론 마스크 공장이 갑자기 확충된 것도 있지만, 반대로 말하면 정부에서 가격을 1,500원으로 매긴다고 해도 마스크 공장 업자들은 손해 보는 게 없다는 의미다.

만일 진짜 원가가 4천 원이나 5천 원쯤 하는데 공적 마스크이니 1,500원에 공급하라고 하면 업자가 과연 따를까?

'그 말은 1,500원이라는 공급가가 정상 가격이라는 거지.'

정부에서 어느 정도 마스크 공장에 수익을 붙여 주는 그런 가격이라는 소리다.

"하지만 지금 가격을 봐 봐. 한 장에 1만 원이야."

"뭐? 난 장당 1만 3천 원 줬는데?"

"니미, 강남 더럽게 비싸네. 하여간 현실은 그래. 그러면 나머지 11,500원은 누가 붙였겠어?"

"어…… 이해가 가네. 그런데 네가 1,500원에 팔면?"

"그치들은 아마 어마어마한 손해를 보겠지."

마스크 공장에서도 나오는 마스크의 가격을 높여서 팔 건 당연한 일이고 그게 얼마일지는 알 수가 없다.

하지만 최소한 2천 원 이상은 될 거다.

"그런 매점매석의 기본적인 전략은 바로 독점이야. 부족한 물량을 자신들이 통제할 수 있다는 확신. 지금 매점매석으로 돈을 벌고 있는 놈들은 그걸 알고 있지."

그걸 알기에 마스크 공장에 좀 더 쥐여 주고 싹쓸이하고 있을 것이다.

"하지만 너희가 공급하는 건?"

"우리도 손해는 안 보니까. 문제는 그거야. 결국 우리도 판매는 정해진 라인을 따라간다는 거지."

최소한 오프라인은 그렇게 될 수밖에 없다.

그리고 지금 같은 경우는 그런 라인이 문제다.

"하지만 우리가 온라인으로 1,500원씩에 판매하면 어떻게 될까?"

"음…… 그놈들 입장에서는 똥줄 타겠네."

"맞아. 손실이 확정이니까."

더군다나 손실은 한두 푼으로 끝나지 않는다.

이 상황에서 돈이 돈을 부른다고 최소 몇억, 최대 몇십억을 꼬라박은 놈들 천지다. 그러면 최소 몇백억대의 수익을 낼 수 있다고 생각할 테니까.

"그런데 대중이 접근할 수 있는 인터넷 통로를 이용해서 장당 1,500원씩 판다고 하면 그놈들이 어떻게 하겠어?"

"싹쓸이를 시도하겠네."

"맞아."

그냥 가만히 있으면 자신이 망할 수밖에 없다.

그러니 어떻게 해서든 해결하려고 할 텐데, 그 방법이라는 게 사실 한 가지뿐이다. 싹쓸이.

"사실 이런 경우는 흔해."

누군가 물품을 싸게 올리는 경우 재력이 되는 사람이 그걸 한꺼번에 싹쓸이해서 가격을 유지하는 것이다. 그래야 자신의 수익을 확보할 수 있으니까.

"그러니까 난 온라인으로만 팔 거야. 그러면 넌 감시가 더 편해지겠지."

"어째서?"

"오프라인과 다르게 모든 기록이 남을 수밖에 없으니까."

오프라인이라면 그들이 와서 돈을 주고 사 가게 된다. 그런 경우 무자료거래가 가능하다.

하지만 온라인은 그게 안 된다. 무조건 전산상에 기록이 남게 되어 있다.

"그놈들이 마스크를 살 때는 최소한 2천 원 이상은 줬을 거야. 장당 말이지. 그걸 수십만 장을 쌓아 두고 있다고 생각해 봐. 그러면 어떻겠어?"

"장당 500원의 마이너스라……. 미치겠군."

"더하지."

보관료와 더불어서 운송료 같은 것도 있으니까.

"더군다나 마스크는 증거품이거든."

"오호라, 그러니까 우리가 압류가 가능하다?"

"그래. 그 와중에 누군가가 1,500원에 계속 판다고 해 봐."

아마 미치고 팔짝 뛰고 싶을 것이다.

"당연히 그런 걸 막으려고 할 거야. 어차피 장당 2천~3천 원 준다고 해도 말이지, 결국 그보다 더 비싸게 팔아먹을 수 있어서 하는 거 아냐?"

하지만 온라인은 그게 안 된다.

물론 장당 1,500원이니 마스크 공장에서 사는 것보다 더 싸게 살 수 있고 그만큼 수익을 낼 수 있다.

"하지만 문제는 한계가 있다는 거지."

돈이 문제가 아니라 계정이 문제일 수밖에 없다.

법적으로 노형진은 1인당 다섯 장의 마스크만 판매하도록 하겠다고 해 놨다.

일주일 기준으로 본다면 절대 적은 숫자는 아니다.

주 5일 근무한다고 치면 충분히 닷새간 쓸 수 있는 양이다.

주말에는 최대한 집에서 나오지 않는 게 좋으니 말이다.

"그런데 이걸 그냥 두고 보겠느냐고."

"하긴, 그건 그렇군."

아마도 그걸 막기 위해 미친 듯이 구입하려 할 것이다.

"그런데 온라인이잖아. 분명 1인당 판매량은 한계가 정해져 있고."

당연히 살 수 있는 방법이 없다.

그렇다면 방법은 뭘까?

"그러니 다른 계정을 이용해서 구입하겠지."

"뭐? 그런 게 가능해?"

"애석하게도."

분명 그런 프로그램이 있고 또 그런 프로그램을 통해 구입이 가능하다.

"너 방송에서 가끔 어떤 물건이 초 단위로 떨어져 가는 거

본 적 있지?"

"음? 있지."

홈쇼핑에서 뭔가 좋은 게 나와서 싸게 사려고 하는데 갑자기 미친 듯이 팔려 나가서 전화번호를 입력하는 사이 재고가 똑 떨어져 버리는 경우가 분명 있다.

"그럴 때 쓰는 거야. 일명 자동 주문 프로그램."

"아니, 그걸 왜?"

"홈쇼핑은 보통 업체에서 파는 것보다 싸. 왜 그렇겠어?"

"글쎄."

"홈쇼핑은 거래 대상이 다른 업체가 아니거든."

홈쇼핑 업체들은 규모가 크고 재력이 된다.

그래서 소위 말하는 도매 업체들을 끼지 않고 공장에서 직접 물건을 납품받을 수 있다.

회사 입장에서는 물건을 홈쇼핑에 주나 도매 업체에 주나 마찬가지다.

"그런데 그게 기존 업체 상품이라고 하면 이게 골치가 아프거든."

기존 업체에서 40만 원에 팔던 물건을 홈쇼핑에서 30만 원에 판다고 하면 기존 업체로서는 곤란한 일이다. 이쪽 물건은 악성 재고로 남게 될 가능성이 크기 때문이다.

"그래서 그런 사업을 하는 놈들이 제일 두려워하는 게 바로 원가 공개야."

원가 공개가 되어 버리면 더는 터무니없는 바가지를 씌울 수 없으니까.

"그래서 그런 주문 프로그램을 이용해서 대량으로 주문하지."

사람이 로그인하고 비밀번호와 카드 번호를 입력하는 사이에 프로그램은 미친 듯한 속도로 주문해 정작 사람이 사고 싶어 할 때는 물건의 수량이 완전히 제로가 되는 경우가 많다.

"아니, 홈쇼핑에서 그걸 놔둬?"

"사실 대부분의 회사에서는 그걸 놔둬. 그들 입장에서는 팔린다는 결과는 똑같거든."

게다가 단순히 똑같은 정도가 아니다.

발송 장소가 동일해진다는 것은 그만큼 택배비가 적게 든다는 소리다.

"아마 우리가 인터넷으로 판매하기 시작하면 프로그램을 이용해서 마스크를 대량 싹쓸이할 거야."

"으음…… 그래서 그걸 잡겠다고?"

"애초에 함정이니까. 지금까지 정부나 업체에서 몰라서 안 잡은 게 아냐."

알지만 귀찮은 거다. 그리고 검찰이나 경찰도 굳이 잡아 봐야 돈도, 실적도 안 되는 처벌인지라 그다지 신경 쓰지 않았고 말이다.

"하지만 지금은 아니지."

지금 그들은 남의 목숨을 가지고 협박하는 거다.

"하지만 그렇게 하는 거라면 주문량이 절대 작은 양이 아닐 텐데."

"개인당 한정 판매를 할 생각이니까 당연히 어마어마한 숫자의 계정이 필요하겠지. 그게 합법적인 계정이겠어?"

"하긴, 그건 그러네."

자기네 가족 계정을 다 해 봐야 열 개나 될까. 직원 계정까지 다 해도 아마 백 개도 못 구할 것이다.

하지만 그 정도 양을 주문한다고 해서 가격에 큰 타격을 주지는 못한다.

"불법적으로 구한 계정을 이용하겠지."

"하지만 그걸 어떻게 확인하려고? 사실 그게 가장 문제 아니야?"

오광훈은 고개를 갸웃했다.

계정이 불법 사용되고 있다는 것쯤은 오광훈도 알고 있다.

오죽하면 대한민국 국민의 개인 정보는 공공재라는 소리까지 있겠는가?

"그래서 내가 온라인으로 소량 한정 판매한다는 거야. 누군가는 받아야 하잖아."

"아! 그러겠네. 계정하고 주소는 다르지?"

"맞아."

계정이야 어차피 무형의 데이터이니 10만 개를 차지하고 있다고 해도 딱히 외부에 드러나지 않는다.

"하지만 이런 물건들은 자기들이 받지 않으면 의미가 없지."

물건을 자신들이 모조리 수거해서 챙겨 놔야 매점매석의 효과가 발휘된다.

"계정이야 다르겠지만 받는 주소들은 한정될 수밖에 없어."

그리고 그 주소로 발송된 양은 절대 적지 않을 것이다.

물론 업자들도 나름 분산해서 받겠지만, 노형진은 그걸 감안해서 1인당 다섯 개라는 한계를 둔 것이다.

"주소를 백 개, 이백 개씩 확보했다고 해도 결국 걸릴 수밖에 없지."

"하긴, 그러면 일반인들은 절대 가족 숫자만큼만 주문할 수 있겠구나."

일반인이라면 보통은 한 개 주소로, 많아 봐야 쉰 개 정도 주문이 가능할 것이다. 이것도 10인 가족이 하나씩 계정을 만들었을 때의 이야기다.

"하지만 업자들은 수백 수천 개를 받겠지."

그동안 단 한 번도 잡힌 적이 없으니 그들은 그걸 가지고도 장난치려 들 게 뻔하다.

"그리고 우리는 실적을 올리고?"

"그래. 아마 일이 엄청 많아서 스타 검사들이 모두 동원되어야 할 거야."

이런 장난을 치는 놈들이 한둘이 아닐 테니까.

"당분간은 너희도 엄청나게 바쁠 거야. 아, 그리고 마스크

꼭 하고 다니고."

"안 그래도 머리 아프다. 좀 싸게 공급 안 되냐?"

노형진은 그 말에 피식하고 웃었다.

"돈 주고 사. 얼마 안 갈 테니까."

⚖

"뭐? 이 새끼들 미친 거 아냐? 지금 얼마나 기회가 좋은데!"

마스크 장당 1만 3천 원.

한몫 단단히 잡을 수 있는 기회였다.

그래서 그는 모든 돈을 다 모았다.

집을 담보로 잡고 대출까지 받아 마스크를 닥치는 대로 긁어모아 가격을 한참 올려놨다.

더군다나 마이스터 소속의 회사들은 어디서 그렇게 마스크가 솟아나는 건지 정해진 정가 선에서 계속 공급했기 때문에 어마어마한 양을 확보할 수 있었다.

물론 시민들은 물론 병원에서도 마스크를 구하기 위해 여기저기 뛰어다니니 결국 누군가는 코넬09에 걸려서 죽을지도 모르지만, 알 게 뭔가? 자신의 돈이 우선이지.

그리고 이제 떼돈을 벌 일만 남았다고 웃고 있었는데, 날벼락이 떨어졌다.

"장당 1,500원?"

"네! 이 미친놈들이 오늘부터 오프라인 판매는 전면 금지하고 전량 온라인으로 장당 1,500원에 판매한답니다."

"이런 개새끼들!"

현재 마스크 공급가는 마이스터 계열의 업체에서 1,500원. 다른 업체에서는 3천 원이다.

당연히 가격을 올리기 위해 온갖 방법을 써야 했고, 그래서 지금 수십만 장을 쌓아 두고 있는 상황이다.

그런데 1,500원?

그 말은 남자에게는 망하라는 소리나 마찬가지였다.

마이스터 쪽에서는 똑같이 1,500원이 벌리겠지만 이쪽은 보관료와 배송비까지 합하면 돈이 더 들어갈 테니까.

"누구 마음대로!"

남자는 눈을 번뜩거렸다.

"야, 지난번에 그 업자, 너 기억하냐?"

"지난번의 그 물건 수거 업자요?"

물론 여기서 말하는 그 수거 업자는 중고 물품 업자를 의미하는 게 아니었다.

"그래. 그 사람과 연락이 돼?"

"아직 되죠. 왜요?"

"이거 싹쓸이되지?"

"저쪽에 물량이 엄청 많을 텐데요?"

"많아 봤자지. 지금 같은 상황에 있어 봐야 얼마나 있겠어?"

"하긴 그렇겠네요."

평소 생산량의 몇 배를 이미 공급한 상황이고 더군다나 마이스터 쪽의 업체들은 어마어마한 양의 마스크를 뿌린 상태라 재고가 많을 수가 없을 거라고 그들은 확신했다.

물론 노형진이 얼마나 많은 재고를 확보했는지 그들은 상상도 하지 못하고 있었으니 이런 결론에 다다를 수 있었던 것이지만.

"걱정하지 마. 나 같은 생각 하는 사람들이 어디 한두 명이겠냐?"

"그것도 그렇죠. 사장님같이 기회를 노릴 줄 아는 사람들은 드물지요."

직원들은 키득거렸다.

말이 직원이지 일은 하나도 하지 않는다.

그냥 명의만 올려 두고 크게 한탕 할 기회만 노리고 있었다.

애초에 이들은 마스크를 판매하던 자들도 아니었다.

"그러니까 말해서 싹 수거하라고 해."

"싹요? 돈이 되려나?"

"나만 할 거 아니잖아. 뭐 깡그리 수거하다 보면 언젠가 씨가 마르겠지."

"그렇겠죠."

"그리고 그 후에 가격을 좀 더 올려서 수익을 더 보전해 보자고."

그들은 눈을 번뜩거렸다.

눈앞에 가득한 어마어마한 양의 마스크 박스가 모조리 1만 원짜리로 가득한 박스로 보일 지경이었다.

"마스크 전량 판매 끝났습니다."

노형진은 판매 확인을 위해 회사에 나와 있었다.

그리고 판매가 종료되었다는 말에 힐끔 시계를 보았다.

"어이가 없군요."

이번에 판매를 위해 확보한 마스크의 양은 50만 장이다.

물론 국민들이 써야 하는 양에 비하면 턱없이 부족하지만, 판매를 시작한 지 20분 만에 떨어질 만한 양은 아니었다.

"아직 홍보가 다 된 것도 아닐 텐데."

대형 판매 사이트들을 통해 판매했고 그 덕분에 빨리 팔아 치운 건 사실이다. 하지만 이번에 판매할 때 사람들에게 홍보한 적은 없다.

물론 판매 시작과 더불어서 광고 링크가 올라가기는 했지만 아무리 그래도 그렇지, 50만 장이 단 20분 만에 판매가 완료된다? 그것도 밤 12시에?

"확인해 보세요."

옆에 있던 오광훈은 굳은 얼굴로 말했다.

그가 이렇게 얼굴이 굳은 이유는 결국 한국에서 코델09로 인한 사망자가 나왔기 때문이다.

공포에 벌벌 떠는 국민들의 불만은 하늘을 찌르고 있었다.

그런데 이런 상황에서 자기네 돈을 위해 장난치는 놈들을 보니 도무지 용서가 되지 않았다.

"음, 일단…… 판매 속도를 보면 프로그램을 쓴 건 확실한 것 같습니다."

링크가 열리고 채 2분도 지나지 않아서 주문이 폭주했다. 사람이 아무리 빨라도 그런 속도를 낼 수는 없다.

"그러면 이제 주문량을 주소별로 분류하세요."

"네, 알겠습니다."

그건 그다지 어려운 일은 아니었기에 몇 가지 프로그램을 교정하는 것만으로 금방 결과가 나왔다.

그 결과를 본 오광훈은 혀를 내둘렀다.

"그냥 아예 감출 생각이 없구나?"

"지금까지 단 한 번도 정부나 검찰에서 매점매석을 잡은 적이 없으니까."

제일 많이 주문한 곳의 주문량이 1만 개, 그나마 좀 작은 곳은 1천 개 수준, 그 이하는 많아 봐야 쉰 개 정도였다.

"아마 1천 개 이상 주문한 곳이 그 매점매석하는 놈들일 거야."

"그렇겠네."

사전에 소문을 듣고 준비하던 사람들이 정말 눈부신 속도로 주문을 완료한 거라고 해도, 한 개의 주소에 무려 1천 개에 달하는 수량이 몰릴 이유는 없다.

　　"저쪽으로 바로 경찰 보내겠네."

　　"에헤, 그러면 안 되지."

　　"뭐? 단속하라면서?"

　　당장이라도 달려가려고 하는 오광훈을, 노형진은 말렸다.

　　"물론 가서 단속은 해야지. 하지만 말이야, 그 전에 저놈들 형량을 높여야지."

　　"형량을 높여?"

　　"그래. 너도 알잖아, 저런 매점매석과 관련한 처벌은 엄청나게 약해."

　　"후우…… 그렇지."

　　저들이 저럴 수 있는 이유는 걸려도 벌금 조금만 내면 그만이라고 생각하기 때문이다.

　　안 걸리면 수십 수백억을 벌 수 있고, 걸려도 벌금은 몇백만 원뿐.

　　그러니 누가 안 하려고 하겠는가.

　　"그러니 다시는 이런 짓거리 못 하게 아예 법을 고쳐야지."

　　"하지만 어떻게?"

　　"간단해. 국민들 빡치게 만들면 되는 거야."

　　"뭐라고? 저런 놈들이 매점매석한다고 발표라도 해?"

"아니. 더 좋은 방법이 있지."

노형진은 그렇게 말하고는 직원을 보면서 말했다.

"마스크 가격을 올려요. 장당 2만 원, 물량은 1만 개로."

"네?"

직원은 너무 당황해서 자신도 모르게 노형진에게 되물었다.

방금 전 싸게 1,500원에 올리라고 하더니 갑자기 장당 2만 원에 1만 개라니?

하지만 노형진의 말은 아직 끝나지 않았다.

"내일은 장당 2만 5천 원에 올려요. 하루에 5천 원씩 올려서, 최종적으로 5만 원까지 올립니다."

"하지만 노 변호사님, 그러면 그걸 누가 삽니까?"

"글쎄요. 필요한 사람은 사겠지요."

노형진은 그렇게 말하고는 아주 차가운 눈빛으로 말했다.

"그리고 그놈들은 그 가격을 따라올 테고요."

⚖️

-이 미친 새끼들아, 마스크 장당 5만 원이 말이 되냐?

-작작 해 처먹어야 할 거 아냐?

마스크가 장당 5만 원.

사람들은 아무리 상황이 다급하다고 해도 이건 아니다 싶었다.

하지만 노형진은 가격을 낮추라는 말을 하지 않았다.

도리어 장당 5만 원으로 파는 곳을 더 늘리라고 했다.

물론 그렇게 올린다고 해서 마스크 가격이 진짜로 5만 원이 된 것은 아니다.

실제로 그걸 사는 사람은 거의 없었다.

그러나 그것만으로도 노형진의 계획은 완벽하게 성공한 것이었다.

"마스크 평균 가격 2만 5천 원, 실화냐?"

노형진이 처음으로 포문을 열자 갑자기 평균 마스크 가격이 2만 5천 원으로 올라 버렸다.

비싼 곳은 최대 장당 3만 원까지 할 지경이었다.

"어때? 온 국민이 빡쳤지?"

"빡친 정도겠냐?"

사람들이 바보도 아니고, 이 정도면 누군가가 중간에서 장난치고 있다는 것을 확신하게 될 수밖에 없다.

"아니, 너야 그렇다고 쳐. 저거 매점매석하는 새끼들은 뭐야? 미친 거야? 저 가격에 마스크를 판다고?"

"일종의 비교 판매 같은 거지."

"비교 판매?"

"너, 명절이 되면 백화점 코너에서 몇백만 원짜리 선물 세트를 왜 전시하는 것 같아?"

"팔려고?"

"솔직히 그런 게 팔려 봐야 몇 개나 팔리겠냐?"

잘해 봐야 열 개 정도나 팔릴까?

물론 그런 최고급 선물을 해 줘야 하는 사람들이 없는 건 아니겠지만 그렇게 전시까지 해 가며 적극적으로 팔 만한 물량은 아니다.

"그럼?"

"비교 대상인 거지."

전시된 200만 원짜리 선물 세트를 보다가 30만 원짜리 선물 세트를 보면 상대적으로 싸다고 느낄 수밖에 없다.

선물이라는 것이 남에게 주는 것이다 보니 싸구려를 준다고 하면 왠지 정성이 드러나 보이지 않는다고 생각한다.

물론 직원들에게 한 3만 원짜리 선물 세트라면 괜찮은 거지만 수십만 원대라면 그러한 감정이 구매에 큰 영향을 준다.

"200만 원짜리 선물 세트 하나를 비교 대상으로 전시해서 30만 원짜리 세트보다는 40만 원짜리나 50만 원짜리 세트를 사 가게 하는 심리적 함정인 거지."

"이것도 그런 거야?"

"맞아."

누군가는 장당 5만 원에 마스크를 팔고 있다.

그러면 그렇게 매점매석을 하던 놈들이 '사람들의 목숨이 걸려 있다. 나라도 싸게 팔자.'라고 생각할까, 아니면 '이야,

마스크가 5만 원이네. 난 3만 원에 팔아도 사람들이 사겠군.'
이라고 생각할까?

"당연히 미친 듯이 가격을 올리지. 사실 지금 다른 나라는
저것보다 가격이 훨씬 더 비싼 것도 사실이고."

현재 미국의 경우는 장당 10만 원이 넘는다. 재활용은커녕
1인당 하나씩도 없는 상황이기 때문이다.

"그리고 우리가 가격을 이렇게 올리면 그놈들은 이렇게 생
각하겠지. 아, 마이스터 쪽의 재고가 바닥났구나."

즉, 자신들이 아주 비싼 값에 팔아먹기 시작해도 누구도
방해할 수 없으리라고 생각하는 것이다.

"아마 이제 슬슬 판매를 시작하려고 할 거야. 그리고 복수
란 원래 가장 높은 곳에서 가장 낮은 곳으로 처박아 버리는
거지."

노형진은 씩 웃으며 말했다.

"그리고 지금 같은 상황에서 반대할 수는 없는 노릇이고,
후후후."

⚖

송정한은 노형진의 조언대로 바로 특별법 제정에 들어갔다.

"이 마스크가 얼만지 아십니까? 5만 원입니다, 5만 원!"

회의 석상에서 그는 마스크 한 장을 흔들며 분노를 표출했다.

"지금 전 세계에 코렐09가 번지고 있습니다. 사람들은 비명을 지르고 있고 질병을 막을 방역 도구의 수요는 실로 어마어마한 지경입니다. 그런데 마스크가 5만 원이랍니다. 이건 일회용 마스크입니다. 3인 가구 기준으로 하루에 15만 원이 필요하고 한 달이면 450만 원이 필요한 겁니다. 그런데 3인 가구 평균 생활비가 얼만지 아십니까? 240만 원입니다. 이건 온 국민들더러 다 죽으라는 소리 아닙니까?"

송정한의 말에 다들 고개를 끄덕거렸다.

심지어 반대를 위한 반대를 하던 자유신민당 역시 이번에는 아무런 말도 하지 못했다.

온 국민의 목숨이 걸려 있는 상황에서 반대하다가는 자기들 모가지가 먼저 날아갈 판국이었으니까.

그 전에는 대충 반대해도 이 소식이 언론을 통해 나가지 않으니까 문제가 되지 않았다.

그래서 정작 표결에서는 반대했던 인간들이 나중에 가서는 '무슨 무슨 정책을 저희가 통과시켰습니다.'라고 홍보하기도 했다.

실제로 소방관의 국가직 전환을 반대하던 자들은 국가직 통과가 확정되자 자신의 지역구에 '소방관 국가직 통과, 드디어 제가 성공시켰습니다.'라고 홍보하기도 했다.

하지만 이제는 그렇게는 안 되는 게, 얼마 전부터 코리아 타임라인이 각 정책의 찬성과 반대 여부를 신문에 그대로 박아 버리기 시작했기 때문이다.

그래서 이것처럼 예민한 문제에 대해서 섣불리 반대했다가는 진짜 다음이라는 게 없어질 판이었다.

"하지만 송 의원, 시장경제라는 게 그렇지 않소? 물량이 부족하면 그럴 수밖에 없지."

일부 의원이 변명하듯이 말하는 걸 보고 송정한은 속으로 비웃음을 날렸다.

'저 새끼들이 마스크를 엄청 쌓아 놨나 보네.'

사실 마스크 생산 업자들은 이미 쌓아 둘 틈도 없이 내보내고 있는 상황이고, 매점매석을 하는 놈들은 범죄자나 마찬가지인지라 뇌물을 주거나 할 놈들이 아니다.

그렇다면 저들이 저렇게 소심하게 저항하는 이유는 하나뿐이다. 자기들 스스로도 마스크를 엄청 쌓아 두고 있는 것.

"물량이 부족한 게 아닙니다. 얼마 전 마이스터가 투자한 회사들에서는 방역을 위해 50만 장을 장당 1,500원에 판매했습니다. 그리고 단 20분 만에 팔렸지요. 그런데 그 마스크들이 어디로 갔는지는 알 수가 없습니다. 이건 명백한 매점매석입니다."

매점매석의 증거까지 제시되자 다들 눈을 지그시 감았다.

그리고 아까 전에 소심하게 변명 아닌 변명을 하던 국회의원 한 명의 눈동자는 격하게 흔들리기 시작했다.

하지만 송정한은 그를 무시하면서 계속 말했다.

"국민의 목숨을 인질로 하는 이러한 매점매석은 단순한 행위가 아닙니다. 강력한 처벌을 통해 막지 않으면 중국처럼 국민을 산 채로 소각해야 하는 상황이 올지도 모릅니다."

"그 정도까지야……."

"지금 이 상황에서 '그 정도까지야'라는 말이 나옵니까? 이탈리아가 그렇게 가난한 빈국이던가요?"

"……."

이탈리아는 사는 수준만 보면 한국과 비슷하거나 살짝 더 위라고 볼 수 있다.

그런 이탈리아가 지금 지옥에서 허덕거리고 있다.

"지금 이탈리아에서 마스크 한 장이 20만 원이라고 하더군요. 한국에서는 5만 원입니다. 더 안 오를 것 같습니까?"

"확실히 매점매석은 강력하게 처벌해야 합니다."

"다른 물건도 아니고 사람 목숨이 달려 있는 물건인데."

역시나 여론이 그쪽으로 쏠려서 그런지 대부분의 사람들은 강력한 처벌을 요구했다.

"이에 저는 새로운 법인 비상 방역용품에 관한 관리법을 제안하는 바입니다."

새로운 법률. 전 국민이 바라고 전 국민이 기대하는 법률.

그 법률이 마침내 안건으로 올라오자 극히 일부를 제외하고는 동의할 수밖에 없었다.

긴급 상황이라 법의 효과는 바로 발효되었고, 일부 국회의원들은 표결에도 참가하지 않은 채 밖으로 튀어나와서 전화기를 들고 소리를 고래고래 질렀다.

"모조리 처분해! 한 장도 남기지 말고! 입 닥치고 시키는 대로 해!"

돈놀이하는 놈들

비상 방역용품에 관한 관리법.

원래 역사에서는 없었던 법이다.

그리고 어느 때보다 강력한 법이었다.

회귀 전에는 마스크를 매점매석해도 처벌이 너무 약했다.

물가 안정에 관한 법률에 따라 2년 이하 징역 또는 5천만 원 이하 벌금인데, 징역이 나온 경우는 단 한차례도 없고 일 반적으로 2천만 원 정도의 벌금이 끝이었다.

그런데 그렇게 매점매석을 한번 하고 나면 못해도 수십억 을 챙길 수 있으니 당연히 개나 소나 다 나서서 매점매석을 했다.

하지만 이번 비상 방역용품에 관한 관리법은 완전히 달랐다.

매점매석의 경우 5년 이하 징역, 5천만 원 이상 1억 이하 벌금으로 처벌이 대폭 상향되었다.

여기에 방역용품에 대한 압류가 합법화되어 매점매석을 하기가 어려워졌다.

물론 무조건 빼앗는 것은 안 된다.

그렇게 압류된 물품은 정부에서 정한 고시가의 기준에 따라 추후 벌금이나 추징금 등을 제외하고 돌려준다.

단, 이 고시가라는 것의 기준이 공장도가라는 게 문제다.

즉, 이번처럼 현금으로 무자료거래를 한 경우 어마어마한 손해를 볼 수밖에 없다는 의미다.

그렇다 보니 법이 통과되고 언론에서 대서특필하고 있을 때 매점매석을 한 놈들은 불안감에 떨면서 가능하면 빨리 쌓아 둔 마스크와 방역용품을 처분하려고 했다.

그러나 이미 자신들이 오광훈과 스타 검사들의 영역 안에 들어가 있다는 것을, 그들은 알지 못했다.

"아주 똥줄 타는 모양인데."

인적이 드문 곳에 위치한 조립식 창고에는 물건을 빼기 위해 사람들이 몰려들고 있었다.

그걸 본 오광훈은 씩 하고 웃었다.

"이번에는 큰 건일 것 같다. 창고도 크고……."

더군다나 몰려드는 트럭의 숫자도 장난이 아니었다.

"아무래도 오늘 이 창고를 비울 생각인 모양이군요."

홍보석 검사는 기대하는 눈빛으로 그곳을 바라보았다.

"지금 전국이 마스크 대란이니까."

결국 대부분의 마스크 공장이 정부의 통제를 받기 시작했다.

그 때문에 마스크 공장의 생산량이 전량 감시되고 있어서 더 이상 빼돌리는 게 불가능했다.

그리고 노형진은 일시적으로 마스크의 반출을 막은 상태.

사람들의 분노는 하늘을 찌르고 있었다.

이제 그 희생양이 될 놈들을 잡을 시간이었다.

그 순간 지직거리는 무전기 소리.

─오 검사님, 모든 준비가 끝났습니다. 퇴로는 완벽하게 차단되었습니다.

"오케이. 들어가지."

오광훈은 그 무전을 듣고 숨기고 있던 몸을 일으켰다.

그리고 무서운 속도로 창고를 향해 들이닥쳤다.

"어, 어…… 뭐야? 뭐야?"

창고에서 짐을 내리던 사람들은 어리둥절한 표정으로 오광훈과 다른 수사관들을 바라보았다.

"검찰입니다. 여기 매점매석 관련 제보가 들어왔습니다. 하던 일을 멈추시기 바랍니다."

"매점매석?"

"무슨 소리야?"

"이 근처에 매점이 있었나?"

대부분의 사람들은 영문을 모르고 서로를 돌아볼 뿐이었다.

　　그럴 만하다. 대부분은 그냥 일당을 받기 위해 온 일당직 직원이었으니까.

　　하지만 창고 안에서 그들을 통제하던 몇몇은 얼굴이 사색이 되었다.

　　그들은 조금씩 뒤로 물러나면서 도망치려 했지만 수사관들의 눈치가 더 빨랐다.

　　"도망칠 생각은 하지 마세요. 이 주변은 모두 봉쇄되었으니까. 설마 여기서 도망치면 안 잡힐 거라 생각하는 건 아니겠죠? 그리고 여기에 당신들 재산이 모조리 들어가 있을 텐데 가려면 어디로 가려고?"

　　홍보석 검사가 메가폰을 들고 말했고, 조금씩 뒤로 빠지던 사람들은 움찔했다. 실제로 그랬으니까.

　　도망쳐도 갈 곳이 없으며, 도망쳐서 이건 자기 물건이 아니라고 하기에는 물려 있는 돈이 한두 푼이 아니다.

　　물론 처벌을 피하기 위해 나는 모른다고 할 수 있겠지만, 그러면 파산은 확정이다.

　　"으으으……."

　　일부는 울상이 되었고 일부는 주저앉았다.

　　"여기 모두 봉쇄하고 신분 확인 시작해."

　　인원은 많았지만 저항은 없었다.

　　대부분의 사람들은 아직 법이 통과된 것도 모르는 일반 노동자였기에 상황에 대한 설명을 듣자 모두 기겁했다.

"어…… 우리는 아무것도 몰랐어요."

"일단 경찰에 나오셔서 조사는 받으셔야 할 겁니다. 단순 노무만 하신 거라고 말하면 별문제 없을 겁니다."

사람들이 구분되고, 절망한 일부는 비명과 울음을 터트렸다.

그때 신나게 마스크 박스를 옮기던 남자가 절규하며 오광훈에게 매달렸다.

"제발…… 한 번만 봐주세요, 검사님! 네? 저 여기에 결혼 자금 다 꼬라박았어요!"

그러자 오광훈은 남자를 내려다보며 피식 웃었다.

"다행이네."

"네?"

"너 같은 놈을 그 여자가 거를 수 있게 되었잖아. 이건 진짜 그쪽 여자 조상이 도운 거네."

오광훈의 말에 어이가 없어서인지 충격을 받아서인지 아무런 말도 못 하는 남자.

그런 오광훈 옆에서 홍보석이 차갑게 말했다.

"오 검사님, 피의자를 팩트로 너무 두들겨 패는 것도 못 할 짓입니다."

말리는 건지 아니면 혼내 주는 건지 모를 그 말에, 남자는 이제 다 끝났다고 생각했는지 고개를 푹 숙이고는 순순히 경찰의 수갑을 받아들였다.

한편, 다른 사람들은 마스크의 양을 확인하고 현장을 정리하고 있었다.

그러던 중 홍보석이 내부의 사무실에서 새로운 증거를 확인했다.

"오 검사님, 이걸 보세요. 창고가 여기에만 있는 게 아닌 모양이네요."

"그럴 겁니다. 지금 통계 보니까 일반 생산량에도 못 미치던데요, 뭘."

현재 시장 물량이 평소 생산량보다 훨씬 부족한 상황.

모든 마스크 공장이 비상 상황으로 스물네 시간 돌아가며, 직원을 못 구하는 경우 군인까지 동원해서 근무 중인 걸 생각하면 시중에 풀린 양은 턱없이 부족했다.

"일단 기록을 보면……."

홍보석은 다른 곳에 있는 마스크의 양을 확인하기 시작했다.

불행히도(?) 이놈들이 쉽게 일하기 위해 모든 자료를 깔끔하게 정리해 놓은 덕에 그 수량과 위치를 쉽게 확인할 수 있었다.

"터무니가 없군요."

그들이 빼돌린 마스크의 양이 무려 1억 장이었다.

지금 같은 긴급 생황에서 이게 어떻게 가능한 건지 궁금할 지경이었다.

대부분은 마이스터의 생산량을 중간에서 착복한 것이겠지

만 말이다.

물론 상당한 양이 있을 거라고 생각하기는 했다.

온라인으로 판매하는 마스크의 가장 많은 양을 싹쓸이했기 때문에 예상하고 가장 먼저 습격하기는 했지만, 설마하니 쌓아 둔 마스크가 무려 1억 장이나 될 줄은 몰랐다.

"미쳤네, 이 새끼들."

지금 한 장당 시세는 무려 2만 원. 그런데 그걸 1억 장을 가지고 있다면 무려 2조에 달한다.

물론 시간이 지나고 가격이 떨어지면 그만큼 벌지는 못하겠지만 말이다.

"환장하겠네요. 원가를 보니까 대충 1,500원 정도 하던데."

1,500원으로 1억 장을 샀다면 원가는 대략 1,500억 정도.

거기다 마스크를 둘 공간과 배송비 등을 감안하면 못해도 1,700억 정도는 들었어야 한다.

"이거 혼자 한 게 아니겠네."

오광훈도 심각한 표정으로 홍보석의 말에 대답했다.

"이건 쩐주가 안 붙으면 못 하는 거지."

쩐주, 그러니까 자금을 동원해 주는 놈들이 없으면 절대 구하지 못하는 돈인 것이다.

쉽게 말해서 투자자라는 건데, 일반 투자자와 다른 점은 쩐주들은 불법이나 또는 위험한 장난에 투자해서 일확천금을 구하려고 한다는 것이다.

실제로 이게 성공했다면 1,700억이 무려 2조라는 어마어마한 금액으로 탈바꿈했을 것이다.

　　"다른 곳도 그럴까?"

　　"그렇겠죠. 여기가 제일 많이 주문해서 여기로 제일 먼저 온 거지, 다른 곳도 만만치 않잖아요?"

　　1,500원에 판 마스크 50만 장 중 7만 장을 이놈들이 구입했다.

　　정확하게는, 여기저기서 분산해서 받기는 했지만 배달하는 척하면서 조용히 따라다닌 끝에 최종적으로 여기로 왔다는 걸 확인했으니 확실하다.

　　"지금 미국이나 유럽은 마스크 한 장에 10만 원이 넘는다고 하던데."

　　오광훈은 눈을 찡그렸다.

　　"이거, 어째 일이 심상치 않게 돌아가는데."

　　"예상 못 했다고?"

　　"그래, 이걸 예상 못 했어. 그리고 상부에서는 난리가 난 것 같은데. 어떻게 된 거야?"

　　"아니, 그걸 예상 못 하면 어쩌냐?"

　　노형진은 머리를 벅벅 긁었다.

수십 곳의 공장과 창고를 털었더니 발견된 마스크만 족히 수억 장이었다.

그런데도 다 털린 게 아니니 아마 빼돌린 마스크가 족히 10억 장은 될 것이다.

"그 정도 양이 빼돌려지고 쌓여 있는데 쩐주들이 안 붙겠냐?"

"아니, 그게 가능하다고?"

"가능하지. 너도 알잖아, 투자자와 쩐주는 완전히 다른 거."

"하긴, 그건 누구보다 잘 알지."

투자자들은 합법적인 투자를 통해 수익을 창출하려고 한다.

하지만 쩐주들은 다르다.

쩐주들은 불법행위나 사회적으로 지탄받는 행동을 해서라도 돈을 벌려고 한다.

쉽게 말해서 고리대금이나 도박 자금을 빌려주는 등의 일을 하는 게 바로 쩐주들이다.

"그런 놈들이 이 상황에서 국민을 위해 참겠냐?"

당연히 크게 한탕 할 기회라고 생각하고 마스크를 긁어모으기 시작했을 것이다.

"기본적으로 마스크 업계에는 대형 업체가 거의 없어."

아무리 한국 내에서 마스크가 어느 정도 팔린다고 해도 그다지 많이 팔리는 건 아니다.

감기 같은 질환에 걸렸을 경우나 황사가 불어닥치는 시기에나 잠깐 쓰기 때문이다.

"그마저도 한국 사람들은 KF 인증 마스크보다는 천이나 부직포 마스크를 선호하지."

KF 인증이 나온 마스크는 작은 구멍 때문에 호흡이 쉽지 않아서 그다지 선호되지 않는다.

"갑자기 물량이 부족해졌고, 옆 나라인 중국에서 무슨 꼴이 났는지도 봤고."

중국에서 일이 터지자마자 중국 상인들은 현금을 쥐고 한국의 마스크 공장으로 몰려들었다.

지금도 마스크 공장에 가면 중국인 상인들이 몰려 있고, 조만간 한국에서 마스크 판매를 통제한다는 소문이 들리면서 한 장이라도 더 사 가려고 혈안이 되어 있었다.

"그러면 쩐주들이 무슨 생각을 하겠어?"

"하긴, 그치들이 돈 냄새는 아주 잘 맡지."

오광훈도 과거 조폭 시절에 쩐주들과 엮인 적이 있기 때문에 쉽게 이해하고는 고개를 끄덕거렸다.

"그리고 아까도 말했지만 한국의 마스크 시장은 그다지 크지 않아."

그런데 갑자기 수천억의 자산을 가지고 마스크를 싹쓸이할 수 있는 인물이 나올 리가 없다.

"뻔하지, 뭐."

쩐주들의 지원을 받아서 그렇게 쌓아 올린 거다.

"그래서 일단 법을 만들자고 한 거였어?"

"그래. 그때 네가 습격해서 그들을 박멸했으면 어떻게 됐을 것 같아?"

"으음…… 하긴, 이해가 간다. 제대로 된 처벌도 후처리도 이루어지지 않았겠지."

쩐주들은 권력이 엄청나다. 돈을 쥐고 있기 때문에 경찰부터 검찰, 정치인까지 다 좌지우지할 수 있다.

"설사 걸렸다고 해도 특별법이 없는 이상 마스크는 결국 사유재산이지."

그러니까 벌금을 한 2천만 원 내고는 수조 원대의 수익을 낼 수 있게 되는 거다.

"그 이후에 사건을 적용하는 것도 문제고, 그 이후에는 쩐주들이 가만히 있을 리도 없고."

그 때문에 노형진은 쩐주들을 속아 내기 위해 먼저 빠르게 특별법을 만들도록 한 것이다.

"아마 차분하게 상황을 봐 가면서 만들었다면 쩐주들 로비로 인해 그 법은 통과되지 않았을걸."

하지만 쩐주들이 눈치채기 전에 빠르게 움직인 덕분에 아슬아슬하게 통과된 것이다.

"물론 그 이후가 쉽다는 건 아니지만."

오광훈이 단속에 나서자 아니나 다를까, 사방에서 어마어마한 압력이 가해지기 시작했다.

어떻게 해서든 마스크를 돌려받기 위해서였다.

"아니, 압류가 가능하다면서?"

"이게 법의 한계거든."

"한계?"

"압류가 가능하다는 것과 압류를 해야 하는 건 전혀 다른 문제야."

법률상에는 압류가 가능하다고 되어 있지만 그건 의무 사항이 아니다.

압류하여 일단 쓰고 그 값어치를 매기는 건 법보다는 정책 결정의 영역에 들어간다.

"대한민국은 자본주의국가이고, 자본주의국가에서 개인 재산의 침해는 아주 심각하게 받아들여져. 진짜 어지간한 경우가 아니라고 하면 사실상 침해를 못 하지."

"뭐야, 그럼?"

"일단 네가 기소는 하고 벌금이나 구속은 할 수 있겠지만, 아마 마스크는 돌려주라고 판결이 나올 거야."

"아니, 미친! 특별법이라며? 긴급 사항이라며!"

지금 한쪽에서는 코델09로 사람이 죽어 나자빠지고 있는데 마스크를 돌려줘야 한다니.

"그게 문제야. 긴급 상황이라고 보기가 애매하거든."

한국은 자체적으로 방역이 잘 이루어지고 있는 상황이다.

중국이나 이탈리아처럼 패닉에 빠진 게 아니라 관리 가능한 숫자의 확진자와 소수의 사망자만 나오는 시점이다.

"이 상황을 비상이라고 볼 수는 없거든, 현실적으로."

"이런 씨입……."

딱 중국이 함정에 빠졌던 것처럼 한국도 그런 한계가 명확했던 것이다.

단 하나 다른 점이 있다면, 중국은 비상 상황인데도 감춘 반면 한국은 진짜 안정적인 상황이라는 것.

"물론 국민들이 두려워하고 걱정하는 건 사실이지. 하지만 그건 어디까지나 두려움의 영역이야. 국가적 비상사태를 선포할 정도는 아니라는 거지."

"그러면 이걸 그냥 돌려줘야 한다는 거야?"

그 말에 노형진은 씩 하고 웃었다.

"그럴 리가 있나. 넌 그냥 시간만 끌면 돼."

"시간?"

"그래, 내가 원한 건 그거야. 그리고 조용히 저쪽에서 두 손 다 들고 올 때만을 기다리면 되는 거야, 후후후."

⚖️

노형진의 예상대로 정부에서는 마스크 자체를 압수하지 않았다. 법률상 한계가 명확했기 때문이다.

하지만 오광훈과 스타 검사들은 증거 확보 등을 이유로 돌려주지 않았다.

사실 쩐주들이 뭐라고 할 수가 없는 게, 그런 경우는 재판을 통해 돌려받는 게 정석이다. 검찰에서 증거를 임의로 판단하고 돌려줄 수는 없으니까.

　당연히 그들은 마스크를 돌려받기 위해 소송을 걸었다.

　하지만 그 소송이 끝나기도 전에 그들의 미래에 날벼락이 떨어졌다.

　"마스크의 외부 수출이 전량 금지되었답니다. 마스크를 비롯한 방역용품의 수출은 국가의 허락을 받아서 해야 한답니다."

　"아니…… 이게 무슨……."

　종로 쩐주 모임인 사자클럽.

　그곳에 모인 쩐주들은 얼굴이 창백하다 못해 시커멓게 변해 있었다.

　그럴 수밖에 없는 게 지금까지 돈을 닥닥 긁어모아서 마스크를 사재기하고 풀지 않으며 가격을 올리는 데 올인했는데, 팔아먹기 직전에 갑자기 창고가 털리고 증거로 싹 다 압수당했기 때문이다.

　"이게 지금…… 뭐 하자는 겁니까? 우리가 몇 명이 모였는데 이거 하나 해결 못 합니까?"

　"상황이 특수하지 않습니까? 아무리 정치인들이라고 해도 지금 상황을 좋게 보지는 않습니다."

　국민들의 목숨이 걸려 있는 일이다.

물론 정치인들이 그런 것에 신경 쓰는 인간들은 아니다.

하지만 외부적으로 자신들이 쩐주 편을 들어서 마스크 가격 상승에 일조한 게 알려지면 진짜 영혼까지 털릴 만한 상황이었다.

"이보시오, 성 의원. 한마디 해 봐요. 이거 못 막소?"

성 의원은 국회의원이자 동시에 쩐주였다. 그래서 그때도 다급하게 법을 막으려고 했지만 턱도 없는 일이었다.

"안 됩니다. 중국과 이탈리아의 상황이 엄청 심각합니다. 한국 언론에서 계속 축소 보도하고 있어서 그렇지, 지금 그쪽은 지옥 그 자체입니다."

"그러니까 우리가 마스크라도 수출해야 하지 않겠소!"

"그게 문제라니까요. 한국도 부족한 상황인데 정부에서 허가해 주겠습니까? 안 그래도 이탈리아에서 대량의 마스크 구매를 요청했습니다만 정부에서는 난색을 표명하고 있습니다."

"아니, 그러면 우리 돈을 다 날리자는 거요?"

한두 푼도 아니고 수천억이다. 한 업체에 꼬라박은 돈만 1,500억이 넘고 다른 업체들에 꼬라박은 돈까지 합하면 수천억이다.

아무리 쩐주들이 돈이 넘치는 사람들이라지만 이 정도 타격은 치명적일 수밖에 없다.

더군다나 쩐주들의 사업의 특징은 하이 리스크 하이 리턴이다.

당장 검찰에 안 걸리고 제대로 되었다면 수조 원대의 수익이 날 수 있는지라 다들 무리해서라도 돈을 꼬라박은 상황이기에, 만일 이게 망하면 쩐주고 뭐고 다 날아갈 판국이었다.

"이대로 둘 수는 없습니다. 어떻게든 해야 합니다."

쩐주들은 입술이 바짝바짝 말랐다.

그런데 그 와중에 긴급한 소식이 들려왔다.

"크…… 큰일 났소이다!"

늦게 도착한 쩐주 한 명이 얼굴이 사색이 되어서 달려왔다.

"큰일? 무슨 큰일 말이오?"

"정부에서 공적 마스크라는 걸 분배한다고 발표했소!"

"공적 마스크?"

"한국 국민이라면 일주일에 두 개까지 약국에서 구입이 가능하다고……."

"어차피 그 정도는 다들 사고 있지 않소?"

"일주일에 하나 쓰는 사람도 있기는 한데…… 확실히 좀 문제가 되겠군."

공적 마스크가 얼마나 심각한 문제인지 와닿지 않은 쩐주들은 살짝 눈을 찡그렸지만 이어지는 다음 말에는 그들도 입을 쩍 벌렸다.

"그게 아니라…… 공적 마스크는 1,500원이라고 합니다!"

"1,500원?"

"네."

"아니, 그게 무슨……."

"지금 마스크가 없을 텐데."

아무리 공장을 풀로 돌려도 모든 국민들에게 일주일에 두 개씩 마스크를 공급하는 건 절대 쉬운 일이 아니었다.

"마이스터요."

"누구?"

"마이스터에서 공적 마스크 제공을 적극적으로 제의했다고 하오!"

"마이스터? 그놈들 마스크는 이미 다 떨어진 줄 알았는데?"

마이스터에서 온라인으로 1,500원에 팔았던 마스크 이후에 다른 마스크 판매상들은 장당 5만 원이라는 터무니없는 가격을 불렀었다.

그래서 당연히 마이스터에는 더 이상 마스크 재고가 없을 거라 생각했다.

"그런데 그놈들이 어떻게……."

"어마어마한 재고를 확보했다고 하오."

"그게 가능한 거요?"

"가능하니까 공식적으로 발표한 거 아니겠소!"

이런 공적 마스크 문제를 제대로 처리하지 않으면 국민들의 불만이 어마어마하게 커질 수밖에 없다.

즉, 확신도 없이 이런 발표를 했을 리가 없다는 거다.

"이런 미친……."

국민 한 명당 두 장. 적다면 적은 물량이지만, 한 장도 구하기 힘든 현 상황에서는 어마어마한 도움이 될 게 뻔하다.

더군다나 장당 1,500원이라고 하면 가격도 크게 비싼 건 아니다.

사실 1,500원은 현재 원가를 생각하면 크게 남는 것도 아니다. 필터와 기타 부자재의 가격이 어마어마하게 올랐기 때문이다.

그런데 그 가격으로 국민들에게 판다?

"그러면 우리는?"

쩐주들은 얼굴이 사색이 되었다.

장당 1,500원. 그나마 초반에 산 게 그 정도 가격이었고, 분위기가 안 좋아지면서 장당 2천 원으로 올렸다가 최근에는 싹쓸이와 매점매석을 위해 장당 3천 원이나 4천 원을 주기도 했다.

그것도 정부의 감시를 피하기 위해 무자료거래, 즉 현금을 주고 트럭째 가지고 왔다.

그마저도 대부분 검찰에 잡혀 있는데 그사이에 국민들은 마스크를 장당 1,500원에 안정적으로 사게 된다면?

"아…… 안 돼…… 안 돼……."

쩐주들의 얼굴은 점점 파랗게 질려 갔다.

대부분의 사람들이 최소 수십억에서 수백억의 손실을 볼 수 있는 문제였고, 심한 사람들은 대출까지 낀 상황이었기에 파산할 수도 있는 일이었다.

"어떻게 해서든 마, 막아야……."

"무슨 수로 막는단 말이오! 무슨 수로!"

이미 언론을 통해 발표한 마당에 정부가 쩐주들을 살리자고 국민들에게 한 약속을 저버릴 이유는 없었다.

"그러면? 우리가 쌓아 둔 마스크들은?"

"그……."

당연히 똥값이 되어 무더기로 쌓여 있기만 할 것이다.

판매?

물론 언젠가는 판매될 것이다.

하지만 그때는 가격이 더 떨어지면 더 떨어졌지 오를 가능성은 없었다.

최악은 유통기한이 지나 버려 판매 자체도 못 하게 되는 거다.

"아…… 안 돼."

파멸이 코앞으로 닥쳐온 쩐주들은 머리를 부여잡았다.

"이렇게 가만히 있을 수는 없습니다. 어떻게 해서든 방법을 찾아야 합니다."

"하지만 어떻게 말이오?"

가만히 앉아서 망할 판국.

누군가에게 도움을 요청할 수도 없다. 이 사실이 외부에 드러나면 진짜 사람 취급도 못 받게 될 테니까.

물론 돈이 있다면 그딴 거야 신경을 안 쓰겠지만, 망하면 돈도 없게 된다.

"노형진에게 부탁해 봅시다."

"노형진?"

"마이스터의 대리인 아니오? 그리고 청와대의 자문 위원이고, 그간의 실력과 모든 걸 감안하면 이번 사건의 배후에는 분명 노형진이 있을 거요."

성 의원의 말에 모든 쩐주들은 작은 기대감을 품고 그를 바라보았다.

"그러니까 마스크 처리를 도와 달라는 말씀이시군요."

"제발 부탁드립니다. 우리가 다 망하는 게 좋지는 않을 거 아니오?"

'쯧쯧, 아직도 정신 못 차렸네.'

성 의원의 말에 살짝 담겨 있는 협박에 노형진은 속으로 혀를 끌끌 찼다.

"뭐, 도와드릴 수는 있지요."

"고, 고맙소."

"고맙기는요. 법대로 하는 것뿐인데."

"법?"

"규정대로 1,500원에 공적 마스크로 납품할 수 있게 해 드리겠습니다."

"그게 아니잖소! 하다못해 손해라도 보지 않게만⋯⋯."

그 말에 노형진은 코웃음을 쳤다.

"사람 목숨을 가지고 장난쳐 놓고 금전적 손해 좀 본다고 그렇게 나오시면 어쩝니까?"

"그, 그건⋯⋯."

"제가 모를 거라고 생각했습니까?"

어떤 물건의 가격이 미친 듯이 올라간다?

그건 거의 100% 쩐주와 작전주가 붙은 거다.

그런 놈들이 과연 마스크를 가만히 놔뒀을까?

그랬을 리가 없다.

"사실 다른 거라면 이해해 드리려고 했습니다. 하지만 마스크와 방역용품은 이야기가 다르죠. 지금 중국과 이탈리아에서 하루에 몇 명이나 죽고 있는지 모르시지는 않을 텐데요."

다른 사람도 아닌 국회의원이 그 사실을 모를 리가 없다.

그는 그걸 막지 못하면 한국에도 똑같은 일이 벌어질 걸 알면서도 쩐주들과 짜고 마스크로 수십 배의 폭리를 취하려고 했다.

"그럴 때는 각오하고 덤비셨어야지요."

노형진의 차가운 말에 성 의원은 결국 무릎을 꿇었다.

그럴 수밖에 없었다.

국회의원의 자존심? 이제 그딴 건 없다.

전 재산을 꼬라박은 상황이고, 그게 날아가면 더는 아무것도 못 한다.

그리고 노형진이 안 이상 그가 다시 선거에 출마해서 국회의원이 될 가능성은 없다고 봐야 한다.

출마하는 순간 노형진이 그가 마스크로 장난쳤었다는 사실을 경쟁자에게 알려 줄 테니까.

그것도 증거와 함께 말이다.

"제발, 살려 주십시오."

반공대에서 존댓말로 완전히 넘어간 성 의원은 부들부들 떨었다.

어쩔 수가 없었다.

쩐주들은 직업의 특성상 적이 많다.

그런데 돈이라는 방패마저도 잃어버리면 그때는 생활이 아닌 자신과 가족들의 목숨이 달려 있는 문제가 된다.

"남들 목숨은 중요하지 않지만 본인들 목숨은 중요한가 봅니다."

노형진의 말에 성 의원은 눈을 질끈 감았다.

부정할 수 없는 사실이었으니까.

"제발…… 착하게 살겠습니다. 제발……."

"그렇다면 단 한 번만 기회를 드리지요."

노형진은 이제는 완전히 얼어붙어서 부들부들 떠는 성 의원을 보며 말했다.

'상황이 급하니 끝까지 싸울 수는 없지.'

만일 일반적인 상황이라면 그들이 죽든 말든 그냥 뒀을 거다. 아니, 도리어 어떻게 해서든 죽였을 거다.

하지만 지금은 비상 상황이니만큼 그들이 쥐고 있는 마스크가 필요했다.

'더군다나 이제 시작된 세계적인 불황을 이겨 내려면 돈도 많이 필요해.'

물론 쩐주들이 그다지 착한 놈들이 아니라는 건 안다.

하지만 국민들이 살기 위해서는 어쩔 수 없이 놔줘야 하는 부분도 있었다.

"몇 가지 조건을 따라 주신다면 목숨을 살려 드리지요."

"뭐든 따르겠습니다. 뭐든……."

"간단합니다. 첫 번째, 현재 쥐고 있는 모든 방역용품 공장을 저희 쪽으로 넘기십시오."

"그……."

"싫으면 나가시면 됩니다."

"무조건 넘기겠습니다."

이미 싸움에서 진 그들이 할 수 있는 건 없었기에 성 의원은 고개를 격하게 끄덕거렸다.

"두 번째, 현재 가지고 있는 마스크의 절반을 공적 마스크로 기증하세요. 물론 공짜로 기증하는 조건입니다."

"네? 그건……."

이건 쩐주들에게 죽으라는 말이나 다름없다.

가지고 있는 마스크를 공적 마스크로 무상 기증하면 누가 그 손실을 메꿔 준단 말인가?

"그러면 저희는 망합니다."

"안 망하게 해 드릴 테니 그리하시란 말입니다. 물론 이익을 보게 해 드릴 수는 없습니다. 하지만 손해도 보지 않게 해 드리지요."

"소, 손해……."

그 말에 성 의원은 고민하다가 결국 고개를 끄덕거렸다.

전부를 잃는 것보다는 손해를 보지 않는 게 누가 봐도 최선이니까.

"하지만 그러면 남은 걸로는…… 수익이……."

이미 장당 가격으로 공적 마스크 이상의 돈을 주고 구입했던 물건이다. 그중 절반을 공적 마스크용으로 기부하게 되면 남은 물건들은 한 장당 최소 8천 원이라는 가격에 팔아야 한다.

문제는 한국에서 이제는 그렇게 팔릴 리가 없다는 거다. 공적 마스크가 있으니까.

그러나 노형진에게는 이미 답이 있었다.

"얼마 후에 이동형 감압실이 이탈리아로 대량으로 발주되어 넘어갑니다. 적재 준비 중이지요."

"이동형 감압실이라고 하면?"

"컨테이너를 개조해서 만든 겁니다."

그리고 그 안은 텅 비어 있다.

컨테이너는 물건을 채워서 보내기 위해 만들어진 물건.

아무리 이동형 감압실이라지만 내부를 완전히 비우고 거기까지 가는 것은 낭비일 수밖에 없다.

"그렇다고 내부를 다른 걸로 꽉 채울 수도 없지요."

일단 개조된 상태라 내부에 무거운 걸 채우거나 꽉 채우는 건 위험한 일이다. 당장 한쪽 벽이 투명한 플라스틱이라 압력으로 인해 깨질 수도 있으니까.

"하지만 마스크라면 충분히 수출이 가능합니다."

"마스크 수출!"

마스크 자체가 그다지 무거운 물건도 아니고, 적재와 고정만 잘해 둔다면 문제 될 것은 없다.

어차피 내부는 개조만 되어 있지 장비가 들어 있는 건 아니니까.

"지금 이탈리아는 마스크 부족으로 지옥이 펼쳐진 상황입니다."

의사들조차도 마스크를 쓸 수 없는 상황에서 가격은 문제가 되지 않는다.

"이탈리아는 아마 장당 1만 원이라고 해도 충분히 구입해 줄 겁니다."

"하지만 수출이 금지되었다고……."

"수출이 금지될 예정이지요."

노형진의 말에 성 의원은 아차 했다.

수출이 금지될 '예정'이다.

즉, 빨리 서두르기만 한다면 그 이전에 반출하는 것이 가능하다는 거다.

수출 금지가 결정되기 이전의 계약분이라면 국제적인 상거래의 신뢰를 위해서라도 보낼 수밖에 없다.

안 그러면 지금 중국처럼 욕먹게 될 테니까.

그리고 현재 이동형 감압실은 이미 적재 준비를 마친 상황. 거기에 싣는 것은 오래 걸리지 않는다.

"그 문제 때문에라도 당신들은 마스크를 기증해야 합니다."

만일 계속 마스크가 부족한 상황에서 돈을 벌기 위해 한국의 마스크를 해외로 수출한다고 하면 국민들이 분노로 들고일어날 건 뻔한 일이었다.

"그러면 정말로 당신들을 처벌할 수밖에 없지요."

"……"

"하지만 공적 마스크가 안정적으로 공급된다면 국민들의 불만이 그렇게 심하지는 않을 겁니다."

일주일에 두 개 정도의 공적 마스크가 안정적으로 공급되고 다른 방역도 잘되어 가는 상황에서는, 하루에 수백 명씩 죽어 나가는 다른 나라에 남는 마스크를 보내는 것에 심하게 불만을 가지지는 않을 것이다.

"우리나라 대다수 국민들은 당신들하고는 좀 많이 다르거든요."

그 말에 성 의원은 창피함에 고개를 들 수가 없었다.

"개당 1만 원에 드리지요. 그 정도면 손해는 안 볼 겁니다."

"그…… 알겠습니다."

결국 성 의원은 고개를 끄덕거렸다.

독단이라고 할 수도 있지만 거부할 수는 없다는 걸 느낄 수 있었다.

거부하면 수출길이 막힐 테고 공적 마스크로 수용도 안 될 테니, 팔리지도 않는 마스크를 부여잡고 망해 가는 길뿐이니까.

"가서 이야기해 보도록 하겠습니다."

결국 힘없이 돌아가는 성 의원.

노형진은 그런 그가 나간 문을 물끄러미 바라보았다.

잠시 후 로버트가 안으로 들어왔다.

"이야기 잘 끝나셨습니까?"

"네. 이제 적재를 시작하면 될 겁니다. 아마 내일부터라도 마스크를 확보할 수 있을 겁니다."

"기가 막히는군요. 이탈리아 수출분은 따로 구할 수 있다고 하시더니."

사실 로버트는 이탈리아에 보내는 건 한국에 있는 재고에서 뺄 줄 알았다.

그런데 자기네 재고는 손도 안 대고 남의 걸 그대로 강탈

하다시피 가져와 버렸다.

"당분간은 각자도생이라지만, 그렇다고 해서 우리가 사람들이 죽는 걸 구경만 할 수는 없지 않습니까?"

노형진은 이 모든 걸 예상하고 설계했다.

저들은 결국 마스크를 내놓을 테고, 단시간 내에 마스크는 이탈리아로 가서 수많은 사람들을 구할 수 있을 것이다.

"바로 선적 준비를 하도록 하겠습니다. 그러면 중국은 어떻게 할까요? 사실 중국에 있는 마스크 양도 적은 게 아닌데요."

중국 정부는 마스크가 부족해서 난리다.

어떻게 해서든 마스크를 구하려고 몸부림치고 있지만, 노형진에게서 빼앗은 일부 장비를 제외하고는 마스크를 제작할 수가 없어서 다른 나라와 마찬가지로 의사들조차도 쓰기 부족할 지경이었다.

공장은 둘째 치고 마스크 필터를 구할 방법이 없었기 때문이다.

하지만 그들이 모르는 게 있으니, 중국의 모처에 노형진이 어마어마한 양의 마스크를 감춰 둔 상황이라는 거다.

물론 로버트는 짐을 뺄 때 그것도 가지고 올까 했지만 노형진은 따로 쓸 일이 있다면서 그냥 두라고 했다.

"이제 슬슬 중국에도 동아줄을 내려보내 줄까 생각 중입니다."

"중국에도 마스크를 공여하실 겁니까?"

"뭐, 틀린 말은 아닙니다만 또 맞는 말도 아닙니다."

"맞는 말이 아니라고요?"

고개를 갸웃하는 로버트에게 노형진은 씩 웃으며 말했다.

"중국에 내줄 동아줄은 썩은 동아줄이거든요, 후후후."

다음 권으로 이어집니다

꿈의 도약, 로크에서 하십시오
(주)로크미디어에서 신인 작가를 모십니다

즐거운 세상, 로크미디어는 꿈을 사랑하고 도전을 두려워하지 않는 작가 분들의 참신한 작품을 기다리고 있습니다. 21세기 장르 문학계를 이끌어 갈 차세대 선두 주자 (주)로크미디어에서 여러분의 나래를 활짝 펴 보시길 바랍니다.

모집 분야 판타지와 무협을 포함한 장르 문학
모집 대상 아마추어 작가, 인터넷 작가
모집 기한 수시 모집

작품 접수 시 유의 사항

1. 파일명은 작가명_작품명.hwp형식을 갖춰 주십시오.
1. 파일에 들어갈 내용은 다음과 같습니다.
   - 성명(필명인 경우 실명을 밝혀 주세요), 연락처, 이메일 주소
   - 제목, 기획 의도
   - A4용지 1장 분량의 등장인물 소개
   - A4용지 2장 분량의 전체 줄거리
   - 본문
1. 작품이 인터넷에 연재되고 있다면, 게시판명과 사이트의 구체적이고 정확한 주소를 기재해 주십시오.

선택된 작품은 정식 계약 후 출판물로 간행되어 전국 서점에 유통됩니다.
작가 분은 (주)로크미디어의 전폭적인 지원하에 전속 작가로 활동하시게 됩니다.
※ 자세한 내용은 로크미디어 홈페이지(rokmedia.com)를 참조하세요.

(03920)서울시 마포구 성암로 330 DMC첨단산업센터 3층 318호
(주)로크미디어 편집부 신간 기획 담당자 앞
전화 : 02) 3273-5135
www.rokmedia.com   이메일 : rokmedia@empas.com

ROK
MEDIA
로크미디어

One for all
원포올

일라잇 스포츠 장편소설

**작렬하는 슛, 대지를 가르는 패스
한계를 모르는 도전이 시작된다!**

축구 선수의 꿈을 품은 이강연
냉혹한 현실에 부딪혀 방황하던 중
운명과도 같은 소리가 귓가에 들어오는데……

당신의 재능을 발굴하겠습니다!
세계로 뻗어 나갈 최고의 축구 선수를 키우는
'One For All' 프로젝트에, 지금 바로 참가하세요!

단 한 번의 기회를 잡기 위해
피지컬 만렙, 넘치는 재능을 가진 경쟁자들과
최고의 자리를 두고 한판 승부를 벌인다!

**실력만이 모든 것을 증명하는
거친 그라운드에서 당당히 살아남아라!**

기갑천마

거짓이슬 퓨전 판타지 장편소설

종말을 막지 못한 절대자
복수의 기회를 얻다!

무림을 침략한 마수와의 운명을 건 쟁투
그 마지막 싸움에서 눈감은 무림의 천하제일인, 천휘
종말을 앞둔 중원이 아닌 새로운 세상에서 눈을 뜨는데……

"천휘든 단테든, 본좌는 본좌이니라."

이제는 백월신교의 마지막 교주가 아닌 평민 훈련병, 단테
그럼에도 오로지 마수의 숨통을 끊기 위해
절대자의 일 보를 다시금 내딛다!

에이스 기갑 파일럿 단테
마도 공학의 결정체, 나이트 프레임에 올라
마수들을 처단하고 세상을 구원하라!